ちくま文庫

猫語のノート

ポール・ギャリコ
西川治 写真
灰島かり 訳

JN166067

筑摩書房

HONOURABLE CAT
by Paul Gallico

Copyright © 1972 by Paul Gallico and Mathemata Anstalt
Japanese translation rights arranged with Mathemata Anstalt
c/o Aitken Alexander Associates Limited., London
through Tuttle-Mori Agency, Inc., Tokyo

本書は2013年、筑摩書房より刊行されました。

立ちあがれ、万国の猫たちよ。

明らかに人類よりも優れている猫たちに

本書を捧げる。

立ちあがれ！　団結せよ！

そして勝利せよ！

ポール・ギャリコ

目次

子猫のための子守歌

本文デザイン◎藤田知子

私と猫との生活
まえがきにかえて

猫について語るからには、猫に関する私の履歴を明らかにしたほうがいいだろう。二十世紀へと世紀が変わる直前に、私はニューヨークに生まれて、子ども時代から思春期、青年期までずっと、この大都会のアパートに暮らしていた。犬も猫も飼ってみたかったが、どんなペットも飼えたためしがない。猫にはとくべつ心惹かれるものがあったのだが、猫を飼える環境にはなかった。

三十九歳になるまでニューヨーカーを続けたが、ついにこの大都会を引きはらい、英国はデボン州の海沿いのログハウスに引っ越した。ここでは自分の野心を別にすると、私を規制するものは何もなかった。おかげでこれまで押さえつけられていた欲望が、一気に解き放たれたのだ。その結果はまさしく、猫、猫、猫の連発花火。海岸に建ったわが家で、ありとあらゆる種類の猫を二十七匹と、グレートデーン犬を一頭飼うことになった。

なぜグレートデーンかって？　お忘れにならないでいただきたい。私は、犬のいる生活にも憧れていたのだ。せっかく手にした自由なので、こちらも実現させないわけにはいかなかった。このグレートデーンは、大きさも重さも、猫二十四分はあった。そして自分を猫たちの保護者だと認識していたようだ。

猫が二十七匹となると、さすがに常識を逸脱していて、猫フリークとか猫オタクと言われるだろうか？　だが事はごく単純だ。猫が好きで、複数の猫を飼っていれば、子猫が生まれる。そして子猫が好きで、子猫がいることを楽しんでいれば、子猫は大きくなって、さらに猫がふえる。まあ、風変わりな暮らしではあったのだろうが、私としては、子ども時代からの憧れを一気に満たしただけのことだ。

三年に及ぶデボンでの暮らしでは、屋内外を問わず、猫が目に入らない場所というものはなかった。猫は机の引きだしに入って遊んだり、私がタイプライターを使うのを邪魔したり、カーテンにぶら下がったり、外の防潮堤の上で日なたぼっこをしたりしていた。こういう生活は、最初はストレスもあったが、充分に満ち足りたものだった。この生活から初めに『さすらいのジェニー』、それから『トマシーナ』『猫語の教科書』、そして本書『猫語のノート』と、四冊の猫の本が誕生することとなる。

その後、都会化の波を避けて、世界中を転々とするはめになった。米国ニュージャージー州の農場や、メキシコの大牧場、リヒテンシュタインの山頂に建った山荘、イタリアのコモ湖畔の別荘、米国マリブの海岸の屋敷など、自分の本の売れ行きに合わせて、移り住んだ。そしてどこに行っても、必ず猫がいっしょだった。

ありとあらゆるタイプの猫とつきあってきたものだ。猫の種類も色もさまざまで、長毛も短毛もいたし、ノラもいれば、ショーに出すような見事な猫もいた。シャム猫にアビシニアン、三毛猫、トラ猫、黒猫、白猫、赤毛の猫など、思いつく限りすべての模様の猫がいた。良い子もいれば悪い子もいたし、甘えんぼう、気むずかしいの、とろいの、かしこいの、えばったの、無愛想なの、そして感心するほどすばらしいユーモアのセンスを持った陽気な猫もいた。猫も人間と同様、一匹一匹、性格も個性もちがっているので、何年もかけてつきあってみないことには、核心には迫れない。もっとも長くつきあってみたところで、彼らの本質は謎であって、私はいまだにその謎を解明できずにいる。

まあ、それでも少しは解ったこともあるかもしれない。猫が私に語ってくれたことを、皆さんにお伝えすることとしよう。

高貴な猫をたたえる歌

あがめよ、猫を！

HONORABLE CAT

わたしは猫。
高貴な生き物。
プライドと品位をもち、歴史を尊ぶ。
そう、猫の歴史は、人間の歴史より奥が深いのだ。
ケルトの神々よりも、ギリシャやローマの神々よりも、
キリスト教の、愛を説く神よりも以前に、
猫は古代エジプトで、神として崇拝されていた。
猫の心は、愛にあふれている。
でも人間に与えるのは、心半分の愛。
人間たちよ、心半分の愛をありがたく、受けとりなさい。
心のすべてで愛したりすると、
おまえたちは必ず裏切るではないか！
だからおまえたちは、猫の心を求めたりせず
ただただ、あがめなさい、わたしたち猫を！

チョウチョ、だいすき

BUTTERFLIES WERE MADE TO PLAY WITH

チョウチョは、猫が遊ぶためのものだよ。
チョウチョはとってもきまぐれだから
あっちへひらひら、こっちへひらひら。
どこに行くのか、わかんない。
だから遊ぶのが楽しいんだよ。
チョウチョがきまぐれじゃなかったら
あんまりおもしろくないと思うな。
あのね、このまえチョウチョを三羽、つかまえたの。
でも、がっかり。
エイッてつかまえたら、
もう飛ばなくなっちゃって
葉っぱの上におっこちて
悲しそうにふるえてた。
あーあ、おもしろくなかったなぁ。

所有宣言

STATEMENT

きれいなお花、みっけ。
もーらったっと。
だってぼく、これが、ほしいんだもん。
ぼくは世界の中心だから、
なんだって、ぼくのものだもん。
だけど、う～ん、と、と、とれるもん。

夜の見張り

NIGHT WATCHER

つらい一日が
夜にその爪痕《つめあと》を残す。
そして夢は、家々の壁を突きぬけて
静かなまどろみの中にもぐりこむ。
わたしは、夜の見張りを続けている。
人間は夜になると、罪の意識を感じるから、その番をするのだ。
記憶の亡霊が
哄笑《こうしょう》や怒り、後悔、涙の翼に乗ってよみがえり、
わたしのことを呼ぶ。
亡霊は、わたしの純潔に触れることはない。
星の輝きが薄れるまで、
わたしはひとり、ここで寝ずの番をする。
そんなわたしのかたわらを
記憶の亡霊たちが通り過ぎていく。

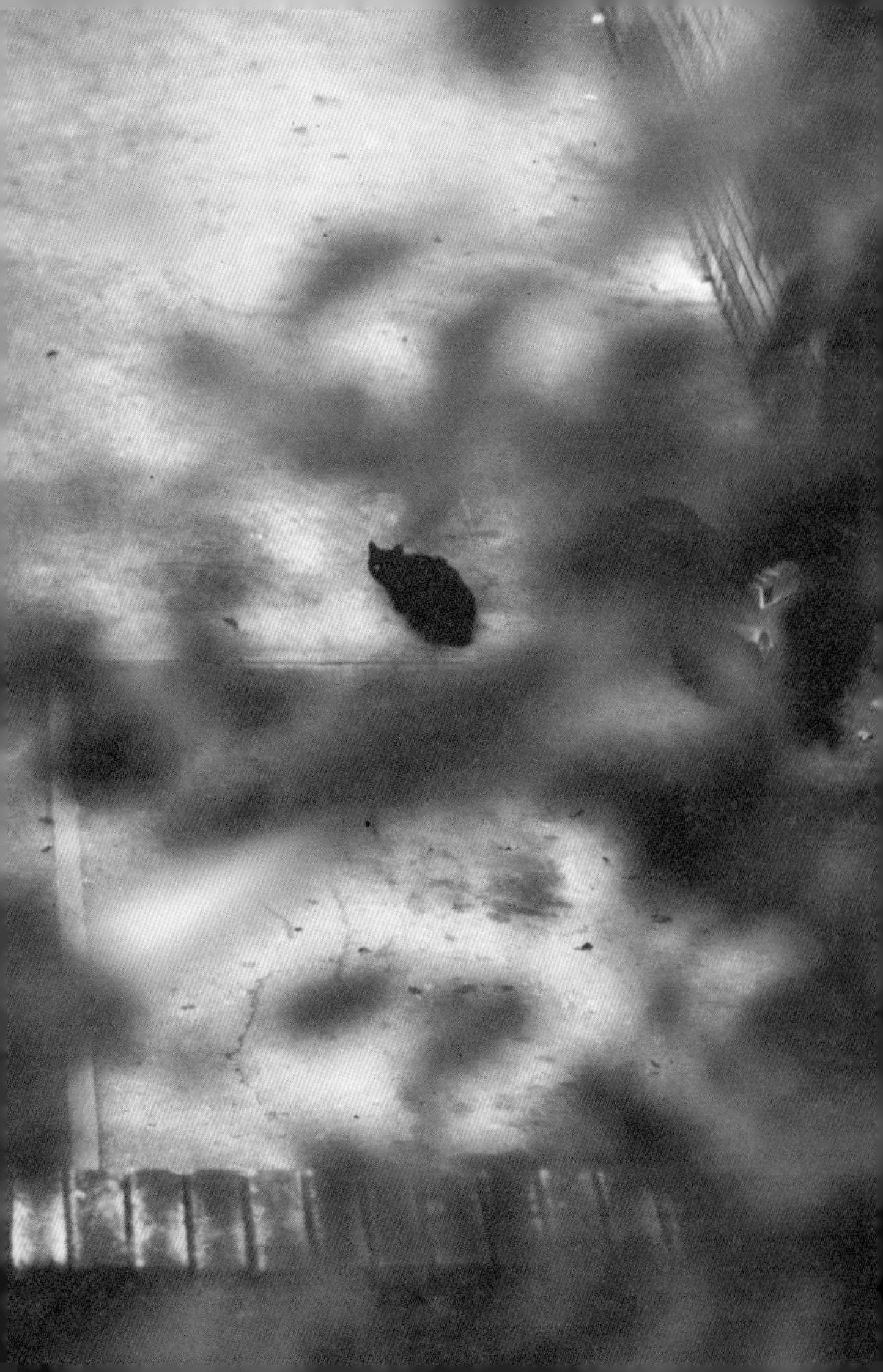

子猫でいるのも、ラクじゃない
OH HOW DIFFICULT IT IS TO BE YOUNG

子猫でいるのも、ラクじゃないよ。
ぼくみたいに心配性だと、
なおさらさ。
ぼく、いつだって心配してる。
大きくなるって、
どんな感じだろう？
ぼく、どんな猫になるんだろう？
家は見つかる？
だれか愛してくれる？
お金持ちになれるかな？
それとも働かないといけない？

世界を旅してまわるかな？
それとも一生、アパートの中？
ぼくを飼うのは、どんな人だろう？
それともひとりで、
うろつくのかな？
魚の頭なんかをあさってさ。
みぞれまじりの雨の夜は
ふるえて看板のかげに
かくれるのかな？
ねえ、生きるって、どんなふうなの？
なんにもわかんないから、
心配ばっか。
あーあ、子猫でいるのも、
ラクじゃないよ。

宝石　JEWELRY

できることなら
わたしの目玉をくりぬいて
指輪やイヤリングを作りたいって、
そう思ったのね？
うふふ、動物愛護家で
猫の味方のあなたったら。

まちがい ERROR

花ってさあ、
自分は猫よりきれいだと、思ってんのね。
あのね、それって、まちがいだからね。

告白 CONFESSION

わたしの名前はプーシーよ。
それはそれはあまやかされてるわ。
あのね、あまやかされるのが、
気に入ってるの。
そうじゃない猫なんて、
いるわけないでしょ。
最高級のクッションの上にねて
最高級の毛布をかけてもらって
そりゃあ、いい気持ちよ。
毎日、最高級のミルクをもらって
日曜日にはもっとたっぷりもらって
ピチャピチャなめるの。
わたしの飼い主は、わたしに夢中。
だっこしたり、キスしたり

おしゃべりしたりで
一日中わたしをはなさないの。
うふ、そりゃあ、楽しいわ。
わたしはあまやかされて、
堕落してんの。
だって、これが人生でしょ？
ほしいものがあったら、
ただ、そういえばいいのよ。
カニやロブスター、
キャビアにイクラ、
マグロにヒレ肉、トリのササミ
これがほしいって、
一言いうだけで
飼い主がもってきてくれるわ。
よしてちょうだい。
働いたり、えものを追ったりなんか、
わたしはしないわ。
ハツカネズミが十匹、
鼻先をうろついたって
片足を動かすのも、めんどうだもの。
わたしは欲ばりで、堕落していて
あつかましくて、なまけもので
そうして、ぜいたくが好き。
さしだされたものは、
なんでももらって
もっとちょうだいって、いうの。
そう、わたしはあまやかされた
役立たずよ。
まちがいないわ。
それで、そういう自分が、
気に入ってるの。

いす THE CHAIR

これはあたしのいす。
だからあんたは、
座っちゃダメなの。
これはあたしだけのもの。
ここはあたしの領土なの。
ほかのものは、気にしないわよ。
あたしのお皿も
あたしのおもちゃも
あたしのベッドも
ツメとぎも、ピンポン玉も
みんなあんたが買ったんだし……

でも、このいすは、
あたしが選んだの。
気に入ってるし、
あたしにぴったり。
あんたにはソファがあるじゃない。
あっちのいすも
そっちのいすだって、あるじゃない。
あたしはあんたのいすは、
つかわないでしょ?
だからあんたも、このいすは、
あきらめなさい。
ああ、もう、
つべこべ言わないでちょうだい。

待ってるの

RENDEZVOUS

わたし、ご主人が学校から
帰ってくるのを、待ってるの。
わたしのご主人は、九歳の女の子。
猫だったら、まだ子猫ね。
朝早く、家を出て
お日さまが沈むころまで、
帰ってこない。
早く、会いたいな。
ご主人が家にいるときは
わたし、ゴロゴロ言いっぱなしよ。
ご主人が出かけると
わたしは子ども部屋に行って、
ご主人のものを見つけて
その上にねそべるの。

そうして帰りを待ってるの。
ランドセルしょって
みつあみをピョコピョコさせて
すぐ近くまで、
スキップしてきたってわかるまで。
でもご主人は、友だちといっしょだと
わたしに知らんぷりすることもある。
そんなとき、わたしは
待っていた場所から、とびおりて
ご主人のあとをついて歩くの。
わたしのしっぽは、
ご主人の旗。
わたしの鳴き声は、
ご主人のための音楽。
だってだいじなのは
ご主人が帰ってきたってことだから。

ご主人は、わたしを
塀《へい》の上からひっぱり下ろして
ぎゅっとだっこしてキスしたり、
おしゃべりしたりすることもある。
この愛のためなら、
死んでもいいって思うのは、
そんなときよ。
わたしはおもちゃにされて
人形のドレスを着せられたり
ご主人がもう使わなくなった
ベビーチェアに座らせられることも
あるけどね。

わたしの前足をつかんで、
ひっぱることもあるし
わたしのおなかを
ギューギューだきしめることも、
肩のうえに、ショールみたいに
巻かれることもある。
わたしを人間の赤ちゃんのように
両腕にかかえて、ゆらゆらゆすって
子守歌を歌うこともある。

わたしはご主人のにおいを知ってるの。
髪の毛、スカート、リボンのにおい。
指やブラウスに残っているのは、
お昼に食べたオレンジや、
あまくてベタベタするもののにおい。
キンキン声は、耳にひびくし、
しょっちゅう、しっぽをふまれるし、
ひどくおこられることもあるけど、
わたしはじっとがまんする。

そしてご主人が泣いていたら、
ひざの上にとびのって
いっしょうけんめい
なぐさめてあげるの。
ほっぺの塩からい涙をなめて
ぬれたほっぺを、
わたしの毛皮でふいてあげて
悲しい気持ちをわかちあうの。
そうしているといつのまにか、
ご主人に笑顔がもどってくるわ。
あのね、ご主人はケタケタ笑うの。
どうやったらあんな
奇妙な音が出るんだろう？
わたしのゴロゴロみたいに神秘的よね。
それからわたしをだきあげる。
あんまりきつくだきしめるから、

わたしが思わず悲鳴をあげると、
ご主人が「ごめんねごめんね」
とあやまって、
これでわたしたちは仲直り。

わたしには時間の観念がない。
わかるのは月の出と日の出だけ。
過ぎゆく日々を数えることもないし
時計の読み方もわからない。
分も秒も
始まりも終わりもわからない。
それでも毎日、わたしにはわかる。
ご主人が帰ってくる時間は、
ちゃんとわかる。
わかるから、こうやって
わたしは、おむかえに来たのよ。

鳥

BIRDS

あたしが鳥を追いかけたら、
鳥が好きみたいでしょ。
あたしが空を飛んだとしたら、
ヘンな猫ってことになるでしょ。
もちろんその気になれば、あたしだって飛べるわよ。
ただその気にならないだけ……
それにさあ、飛ぶなんてずるいと思わない？

不幸のフェンス MISERY'S FENCE

不幸のフェンスには、
穴があいている。
だからおまえを閉じこめることも、
おまえをしめだすこともできない。
おまえがどこのだれでもなく、
名前も
帰る家もなく、

病気になって
痛みをこらえ
腹をすかせているとき、
孤独で
おびえていて
何の希望もないときには、
フェンスの内と外、
どちらにいても同じというもの。
それとも?

ことば

SPEECH

あたしがしゃべっているときは
ちゃんと静かにして、聞いてよね。
あたしの言うことがわからないのは
あんたのせいよ。
あたしがしゃべっているときは
じっと耳をかたむけて、
わかろうと努力するの！
人間は、かしこいんでしょ？
遠い国のことばも、
死者のことばさえ
わかるんでしょ？
それなのに
猫のことばがわからないなんて
どうかしてるわ！
ああ、もう、イライラする。
ほしいものを言ってるだけなのに
どうしてわからないの？
「入りたい」
「出たい」
「おなか、へった」
「のどが、かわいた」
「あんたが食べてるものを、
ひとくちちょうだい」
「痛い」
「ソファの下にボールが
転がっちゃったから、とって」
「何をやってるのかしらないけど、
すぐにやめて、わたしと遊んで」

「あんたがすき」
「あんたなんか、きらい」
アラブや中国や
エスキモーの
ことばがわかって
大昔の象形文字も読めると
えばっているのに
猫語がわからないなんて、
ゆるせない。
ほら、もっと
がんばりなさいってば。

用心がかんじん

ALWAYS PAUSE ON THE THRESHOLD

外に出るときには、
用心がかんじん。
おヒゲのセンサーを全開にして
危険がひそんでいないか、
チェックするの。
ここは都会のジャングルだから
あたりは危険に満ちているのよ。

犬に、
男の子に、
車。
性格の悪い猫だっているし……
棒だって、石だって、靴だって、
注意しなくちゃ。
だから頭のいいネコは、
ドアのところで立ち止まって、
おヒゲのセンサーを全開にして
安全かどうか、調べるの。

ドア THE DOOR

人間っていうのは、
ドアがとっても大事なんだね。
ドアを閉めて！
ドアを開けて！
ドアに、カギをかけた？
ドアのところに
誰かいるから、見てよ。
ドアをあけっぱなしにしたのは、
誰なの？
ドアをノックしなさい。
ドア、ドア、ドアって、
うるさいんだから！
ドアなんて、そもそも
いらないいんじゃないかな？

ドアは、よその人を
しめだすために発明されたって？
でもおかげで、
自分たちが閉じこめられてるよ。
ぼくたち猫は、
押せば開くドアなら、使える。
だけど、ほら、この写真を見てよ。
それから次の写真も見て。
あぶないだろ？
前足をはさんじゃうかもしれないし、
しっぽをはさんじゃうかもしれない！
それなのにドアのことで、
ぼくたちはいつも怒られてばっかりだ。
猫がドアから出ちゃったとか、
入っちゃったとか。
誰のせいだよ？

ぼくたちのせいじゃないからね。
だってぼくたちが外に出たいときには、
中にいなさいって言うし、
中にいたいときには、
外に出なさいって言うんだから。
ほんとに人間もドアも、
わがままったらない！
玄関のドア、
裏口のドア、
脇のドア、
ベランダのドア、
寝室のドア、
キッチンのドア、
戸棚のドアに
書斎のドア。
いちいち文句を言われる身にも

なってくれ。
「ああ、いやんなるわ。
また猫が外に出たがっている。
誰か、出してよ」
「外でギャーギャーないているのは、
うちのアホ猫じゃないの？
ドアを開けて、入れてやってよ。
そうしないと家がこわれるまで、
なき続けるわよ」
でも考えようによっては、
すごくおかしいな。
きみたちは自分が
何になっているか、わかってる？
猫のための門番さ。
それがきみたちに
ふさわしいお役目ってことだね。

スパイ
SPYING

てやんでぃ。
オレが脱出しようとしてるのを、
見つけただとぉ？
ナンパしに行くのかだぁ？
かわいい小鳥をつかまえる？
犬をおどかす？
よそんちのごちそうを、　ぬすむ？
どろだらけになるぅ？
ああ、そうかもしんねぇな。
だけどよ、だから、
何だってんでぃ！

ほっといてくれ。
オレがいつ、おめえのすることに
口出しした？
どこに行くか、
うるさく聞いたことがあったかよ？
となりの人妻とデートしたときか？
きたねぇ商売したときか？
それとも大ウソをついたときかぁ？
おめえもよ、それなりによごれて、
けえってきてるじゃねえか。
だから、たのむぜ。
ここはひとつ、みのがしてくれよ。
な？

つなぎひも

TETHER

はなせったら、はなせぇ。
ばか、かば、でべそ、あんたなんか、だいっきらい。
よくもあたしを、つないだわね。
はなせぇ。
はなしてよぉ。
はなせってばぁ。
あたしは犬とはちがうんだから。
猫はヒモにつながれたりしないんだってば。
おひざでゴロゴロいってあげた恩を忘れて
おうちをあっためてあげた恩を忘れて
よくもあたしのプライドをズタズタにしてくれたわね！
もしかしてあたしが家出するのが、こわいの？
この弱虫の、こしぬけの、オタンコナス。
きらい、きらい、きらい、だいっきらい。
もう、ぜったいに愛してあげないから、おぼえてろ！

驕り

PRIDE

わたくしは、チャンピオンですの。
品評会では、かずかずの賞を獲得しましたの。
自分は最高の猫だと、自分でも思いますの。
それがわからないというのなら、見る目が無いってことだわ。
ほら、ごらんなさいな。
どこを見ても、完ぺき。
それが、わたくし。
驕《おご》り？
いいえ、ただ、おのれを知っているだけですわ。
形だけの謙遜なんて、わたくしとは無縁ですの。
「驕れるもの、久しからず」ですって？
それは庶民の話ですことよ。
わたくしのような高貴なものにとっては
驕りこそ、永遠ですのよ。

そうさせないためには……

"AND LEAD US NOT INTO..."

お友だちでしょ。
心を広くもってちょうだい。
あんまり怒ると、身体に悪いわよ。
猫に何を期待してるわけ？
聖人になれっての？
とにかくダイニングルームのドアを閉めておくこと。
そうすれば何の問題も起きないんだから。

お皿はそれぞれに

THE COMMUNAL DISH

あなたは知らなくてはなりません。
わたくしの怒りと屈辱の、
そのわけを。
一枚のお皿で、
わたくしたちに食事させるなんて
とんでもないことだと、
わからなくてはなりません。
プライバシーを守って
食べるためには、
それぞれのお皿が必要です。
それともあなたはあまりに貧乏で、
お皿が一枚しか買えなかったとでも
言うのかしら？

そりゃあブタなら、
エサ箱のまわりに群がって
押しあいへしあい食べるでしょう。
自分がブタなみに扱われたと思うと
屈辱で身体がふるえたわ。
むかしは神として
あがめられていたというのに、
猫の地位も地に落ちたものね。
それとも地に落ちたのは、
人間のほうかしら？
わたくしに流れるのは、
古代エジプトの猫神バステトの血。
わが祖先が神殿でとった食事は、
おごそかな儀式でした。訳注1
使われたお皿は、あるときは
青いラピスラズリ、

あるときは赤のカーネリアン、
緑のクリソプレーズ、
瑪瑙《めのう》や縞瑪瑙《しま》、透明な
カルセドニーのこともありました。
トルコ石やアメジスト、
オパールの首飾り、琥珀《こはく》のビーズも、
猫の胸で輝いていたものです。
月明かりが、
猫のひたいを照らすころ、
血のように赤い花崗岩で
建てられた神殿へと
巫女《みこ》たちが食事を運んできました。
巫女たちがすぐに下がるのは、
そこにいて、神たる猫の権威を
そこなうことを恐れたからです。
横笛の音《ね》が流れ、

シストルムがささやくような
リズムをきざむなかで、訳注2
神たる猫はひとり、
崇高に食べたものでした。
威厳、威厳、威厳。
われらは威厳に満ちていました。
時の流れのなかで、
神格は奪われてしまったとはいえ、
わたくしたちの威厳だけは、
誰にも奪えません。
ですから
仲間といっしょに食べるときも
失われた輝かしい記憶を
汚すようなことはしないでください。
何もあなたのお宝のウェッジウッドや
ウースターやセーブル、
ドレスデンやロイヤルクラウンの
複雑な文様や
金の縁取りのある食器を使え、
と言っているわけではないのです。
シンプルな食器でけっこうよ。
ただしそれぞれに一枚のお皿が
なくてはなりません。
猫の品格にふさわしい
食事をするために。

訳注1　バステト神殿は、ナイル川デルタにあるブバスティスの町にあり、年に一度エジプト最大級のお祭りが行われました。
訳注2　シストルムは主にバステト神を讃えるために演奏された古代の楽器。銅や青銅の輪をふるわせて音を出したようです。

缶切りもってくればよかったな

I SHOULD HAVE BROUGHT MY CAN OPENER

きみって、友好的じゃないんだね。
もしかして戦うつもり？
よわったなあ。
ぼくは、きみに
手出しなんかしないよ。
そんな気はないんだ。

じゃあ、なぜ
舌なめずりしてるのかって？
ちょっと思いだしただけだよ。
ほら、「ロブスター」って
書いてあるカンヅメの
白くておいしい肉。
あれ、きみの肉でしょ？
ぼく、あのカンヅメを
もらったことがあるんだ。

思いだしただけで、
ツバが出ちゃう。
ちょっと思いだしただけだから、
気にしないでね。

さて、ぼくは、
失礼して行かなくちゃ。
さしせまった用事に
追われているんだ。
べつにきみが
戦闘的だからってわけじゃないよ。
きみが鎧《よろい》を着ているからでも
ハサミをふりたてているからでも
援軍がいるからでも
絶対割れそうにない固い殻が
シャカシャカと
音をたててるからでもないからね。
つまりぼくとしては、
正正堂堂とおたがいに背を向けて、
それぞれが別の道に
進んだほうがいいように思うんだ。
油と水がまじりあわないように
猫とザリガニも
まじりあわないってことさ。
きみがカンヅメの中にいるなら、
別だけどね。
そんなわけで、争いは止めよう。
そんじゃまたね、バイバイ。

朝

MORNING

朝のお日さまはね、
かげをシッシッてやって
おっぱらっちゃうの。
そんで
かげはすみっこのほうに、にげちゃって
草や葉っぱがキラキラになんの。
そんで
あたしのキラキラの一日がはじまんの。

カモフラージュ

CAMOUFLAGE

あのね、
この世から消えたいとか
消えなきゃとか
思ったことあるでしょ？
そういうときはね
ほら、
こうするの。

逆カモフラージュ

COUNTER CAMOUFLAGE

反対に
目立ちたいときもあるでしょ。
ま、あたしたち猫は
たいていのときは、
目立ちたいわけだけど。
そういうときは、こうやって
背景に気をつかうの。
ほら、簡単でしょ。

疑問

QUERY

ちっちゃなシマリスさん、
どうしてあんたは、さかさなの？
それともあんたのほうが、ふつうで、
あたしがさかだちしてるのかなぁ。

判決

JUDGMENT

あのう、二本足の全能の神さま。
あなたは、おツムに
全ての知恵を宿していて
あなたの瞳は、闇を貫いて
光を呼びさますんですよね。
高みに座って
正か邪か
善か悪か
まっすぐか、ねじれているか
そして救われるべきか、
罰せられるべきかを
判断するんですよね。
隠しごとはできないですよね。
そうなんです。
ぼくね、バターをなめちゃったの。
あのう、判決はどうなりますか？

おまじりねこの文句

THE PLAINT OF THE CALICO CAT

いろんな花で、花束を作るでしょ?
ピンク、赤、オレンジ
茶色っぽいのや黒っぽいの。
それから黄色も。
ゴージャスで、ステキよね?
あたしは、そういう花束みたいな
いろんな色がまじった猫なの。
だからゴージャスで、ステキなの。
「ゴチャゴチャ」とか「おまじり」なんて言うのは、だれよ?
まったく失礼しちゃうわね。

会話

DIALOGUE

「金魚《きんとと》、金魚《きんとと》、なにしているの?
あなたのしっぽは、レースのようね。
あなたのようにきれいなものを
わたし生まれて初めて見るわ」

「子猫、あっちへ行きなさい。
そのベロ、さっさと引っこめるのね。
あんたが何をたくらんでるか、
こっちはすっかりお見通しよ」

福音 GOOD NEWS

民よ、聞くがいい。
わたしは悪魔である。
偉大な悪魔、それがわたしだ。
わたしの姿を見るがいい。
無知なややからといえど、
この顔に浮かぶ邪悪を見れば、
わたしが誰かは、わかるであろう。
わたしを恐れよ。
わたしはサタン
魔王ルシファー
闇の王子
誘惑者
キリストに背きし者
地獄の王
悪霊シャイタン
魔神イブリース
底なし沼の使い
邪悪の主
暗黒を司《つかさど》るアフリマン
そしてメフィストフェレス
ああ、何とたくさんの名前で
呼ばれていることか。
鬼神アシュマダイ
堕天使アザゼル
堕天使ベリアル
そして堕天使ベルゼブブ
そう、わたしは悪魔だ。
いいことを教えてやる。
宇宙を支配しているのは、
神ではなく、このわたしだ。

わたしを誉めたたえよ。
祝杯をあげ、感謝せよ。
そうすれば、
おまえたちの悩みは消える。
神への疑いも消えるだろう。
戦争をもたらしたのは、
このわたしだ。
火事も
洪水も
大惨事も
飢餓も
殺戮《さつりく》も
罪無き者の虐殺《ぎゃくさつ》も
幼き者の悲惨な姿も
みな、わたしが仕向けたことだ。
わたしはおまえたちに

欲を授けてやった。
そして不信を
ねたみと嫉妬を
憎悪と肉欲も授けた。
こうして、おまえたちの心を汚《けが》した。
そのおかげで今おまえたちは、
自らの吸う空気を汚し、
大地と海を汚し続けている。
わたしは、おまえたちに
「金《かね》」というものを教え、
「金」への執着を植えつけた。
愛を説く神に、
そんなことができるものか。
さあ、恩あるわたしを崇拝し、
おもねり、救いをもとめて祈り、
歌や踊りをささげるがいい。

わたしの名前を、呼び求めるがよい。
「悪魔さま、お助けください」
「悪魔さま、お願いします」
「悪魔さまのご加護を」
今のおまえたちがあるのは、
ひとえにわたしの
おかげではないか。
見よ！　天国にはふさわしくなく、
地獄でも歓迎されない
おまえたちの姿を。
わたしを敬い、認めるがいい。

この世の始めから、
力を持っていたのは、
このわたしだと。
わたしに比べれば、
神などは、力無き詩人にすぎぬ。
そのむかし、神はたしかに、
愛についての詩を書いたが、
おまえたちはけっして、
そう、けっして
わかろうとはしないではないか。

秘密

THE SECRET

あっ……
あんたがここに居たなんて。
あたし、秘密の場所から出てきたところ。
そこで秘密の考えを巡らしていたの。
秘密の考えって、
そりゃあステキなんだから。
秘密の場所は、あんたには絶対見つからないわ。
自分自身でも見つからないくらいだから。
それがどこだか、
あたしが何を考えていたか、
教えてあげたいけど、それは無理。
だって教えてあげちゃったら、
もう秘密じゃなくなるもん。
だから、なんにも聞かないでね。

潜伏中

I LURK

わたしはここに、かくれている。
じっと身を潜めている。
わたしがここにいることは、秘密。
これには、ちゃんとわけがある。
みんなにわたしは見えないけれど、
わたしはみんなのことを見ている。
あ、おじいさんが通る。
思い出という重荷を背負って、背をこごめている。
思い出の重荷をふやさないように、
わたしはここで見守っていよう。
少年が自転車に乗って、軽やかに通りすぎていく。
小さな女の子が、人形を引きずって歩いていく。
わたしは人形に向かって、飛びおりたりはしない。
飛びおりたって、人形はこわれないけれど、女の子は、死ぬほど驚くかもしれないから。
かしこそうな男がひとり来る。学校の先生だ。
いかにも豊富な知識を持っていそう。
いかにして時計は時を告げるのか、
太陽はなぜ赤いのか、
火はなぜ燃えるのか、
風はなぜ吹くのか、
雨はなぜ降るのか、
地震はなぜ起きるのか、
みんな知っているのだろう。
でも、わたしがここにいることは知らない。
高級車に乗ったお金持ちが通る。
誰でもこのお金持ちを見ることができる。
彼がそこにいることを、みんなが知っている。
でもわたしのことは、誰も知らない。
ボロを着た貧しそうな男が、

歩いていく。
はきつぶされた靴が
小さな足音をたてる。
わたしが姿を現したら、
この人は
少しはなぐさめられるだろう。
でもやめておこう。
彼は、自分の貧しさに
なじんでいるかもしれない。
わたしは、かくれていよう。
身をかくして、ただ見ていよう。
わたしがここにいることは、
誰も知らない。
わたし以外は。

ボス猫トムのバラード

THE BALLAD OF TOUGH TOM

そうとも、そこに飛びちってるのは、
おれの毛束よ。
それがどうした、あん？
あいつを見なかったのか？
あいつは、耳をちぎられている。
それにくらべりゃ、毛束なんぞ、
たいしたことねえだろうが。
もっとも耳を丸ごと
食いちぎったわけじゃねえけどな。
そのまえに、あいつは
シッポを巻いて、
退散して南へと向かったんだ。
おれは、すこぶる満足している。

おっと自己紹介がおくれたな。
おれはボス猫トムだ。
ここの駐車場を仕切ってる。
お日さまが照ると
ここらの車のボンネットは、
いい感じにあったまる。
で、おれたちはその上に、
気分よく寝そべる、と。
ここで寝るのは最高だぜ。
足あとで車を汚《よご》すと、
人間に追っぱらわれることも
あるけどな。
だがふだんはここはいたって平和で
いつもの猫たちが集まってくる。
ただし、どの猫が来ていいか、
どの猫はダメか、決めるのはおれだ。

それが仕切るってことだからな。
それなのにだ、見知らぬ猫が
やってきておれに聞くじゃねえか。
「おまえは誰だ?」
それでおれは答えた。
「おれは、ボス猫トム。
ここはおれのなわばりだ。
おまえこそ、誰だ?」
「おれはボス猫チャーリー。
きょうからはもう、おめえは
ここのボスじゃねえってことだ」
「なんだと?
ケンカを売ろうってのか?」
「そのようだな」
とボス猫チャーリー。
話しながら、おれは

相手を値踏みしていた。
なかなかの猫だ。
毛皮は黄色と白。
おれはあいにく、黄色がきらいだ。
その朝は、ケンカを
したい気分じゃなかったが、
売られたケンカは
買わねばなるめえ。
ボスの面子《メンツ》ってもんが、あるからな。
それでおれは、こう言った。
「いきなり本番といくか?
うなったり威嚇《いかく》したり
毛をさかだてたり
そんなめんどくせぇことは抜きでよ」
本気でケンカするなら、
さっさとやっちまったほうがいい。

ボス猫チャーリーはこう答えた。
「のぞむところだ。いくぜ！」
言いおわったとたんに、
飛びかかってきた。
右手で猫パンチ。
ふふん、子どもだましだぜ。
だがおれも、うかつだった。
さっきまでぽかぽかの
ボンネットの上で
昼寝していたせいで
戦闘態勢が整っていなかったんだ。
そのうえあいつはおれよりも、
ステーキ一枚分ほど重かった。
おかげでおれは組みふせられた。
もう少しで、目玉を
くりぬかれるところだったぜ。

ボス猫チャーリーのヤツめ、
なかなか手強い。
おれは左手で、
相手の鼻先に猫パンチして、
相手をひっくり返して、
上になろうとした。
だがこの手にひっかかる
相手じゃねえ。
ヤツは再度、
おれの目玉をねらってきた。
だがおれは、この瞬間を待っていた。
ヤツは目玉を逃したが、
おれはヤツの耳に食らいついた。
やったぜ！
おれたちは、車の上を
ごろごろ転がり、

地面に落ちて、また転がった。
下になったり、上になったり。
そのあいだもまわりを取り囲んだ
メス猫たちは、
どっちがボスになるのかと、
かたずを飲んで見守っていた。
ヤツは後ろ足で、激しいキック。
そのとき、毛束が抜けたんだな。
だがおれはヤツの耳に
まだ食いついていた。
耳はちぎれかかっている。
トムとチャーリーの駐車場の決闘！
こいつはやがて歌になり、
夜の屋根で、歌われるだろうさ。
このとき、ヤツは
思ったにちがいねえ。

このまま片耳がぶっちぎれたら
もうメス猫にもてねえな、と。
そこで白旗をあげたんだ。
「わかった、おれの負けだ。
ここのボスはおまえだ」
ハッハッハッ、おれは笑って、
ヤツを離してやったぜ。
ヤツの耳は、まあまだちょっとは
くっついていたな。
こうして決闘は終わりをつげた。
さ、どいてくれ。
おれは、傷をなめねえといけねえ。
おれの名前はボス猫トム。
この駐車場に君臨するボスは、
おれだぜ。

UFO

U.F.O.

ワオ、謎の飛行物体発見。
UFOだ、UFOだ！
はるか宇宙からきたんだね。
どうしてか、どこからか、いつからか、
星明かりに照らされた永遠の洞窟を抜け、
凍りついた時間の回廊を駆け、
一千光年の時を結んで、
ぼくのところにやってきた。
太陽系のはるか彼方から、
重力の掟にさからって
大胆不敵にもやってきた。
きみは大宇宙の使者なんだね。
静寂と
暗黒と

死の粉塵の中を
流れる星の翼に乗って、やってきたんだね。

星雲にはあいさつしてきた？
準恒星状天体《クエーサー》や電波天体《パルサー》って、どんな物？
とちゅうで巨大な怪物に出くわした？
アンドロメダはペルセウスみたいにきれい？
オリオンの剣を抜いて、
大熊座の大熊と戦ったの？
さあ、下りて、下りてきてよ。
旅は終わったんだ。
無限の謎を解いておくれ。
終わることのない物語を話してよ。
どこからやってきたとしても
ぼくは大歓迎だよ。
UFOに遭《あ》うなんて、すごいことだもの。

なぜ、なぜ……
えっと、えっと、謎の……
謎のぉ〜
あの〜、もしかして、
きみって、ただのからっぽの紙袋？
宇宙からの使者じゃなかったの？

ちょっと中を見てみようっと。
やっぱりね、思ったとおりだった。
えっと、だれにだって、
まちがいはあるよね？
せっかくステキな詩を作ったのに、
そんしたなぁ。

チョコレートの箱

CHOCOLATE BOX

ねえ、見て見て。
あたちたちって、
チョコレートの箱の子猫でしゅ。訳注1
かわいくて、たまんないでしゅか？
「ん〜、たまらない。
食べちゃいたいくらいかわいいね」
うふ〜ん、食べて食べて、食べてってばぁ。
ヌガー、キャラメル、マシュマロ、
チョコチェリー、チョコナッツ、チョコリキュール。
ターキッシュデライト、砂糖漬けフルーツ、ペパミントクリーム、
ピーナッツクリーム、糖蜜スティックにマジパン。
「ん〜、ふわふわ。
だっこした〜い」
そうでしゅよ。

あたちたちは、ふわふわのふかふかで、
まんなかにとろとろのが入ってましゅ。
モカクリーム、ストロベリー、ピスタチオ、
ラズベリー、レモン味、ボンボンにプラリネ、それからトリュフ。
カリカリの中味もありましゅよ。
ブラジルナッツ、クルミ、ピーナッツにアーモンド、
ココナッツ、ジンジャー、ハシバミにヘーゼルナッツ。
あまいでしゅ、あまいでしゅ、あまいでしゅよ。
さあ、食べるでしゅ。召しあがれでしゅ。
バタースコッチ、アニスキャンデー、リコレット、
ミルクチョコ、スイートチョコにビターチョコ。
砂糖漬けのスミレ、マラスキノ酒漬けのチェリー、
砂糖菓子にオレンジクリーム、
コーヒーやモカやブランデー入りのチョコ。
とろけそうでしゅよ、食べて食べて。
「う～ん、食べすぎて気持ち悪くなっちゃいそう」

訳注1　チョコレートをつめた箱は、欧米の典型的なギフトですが、少し古めかしいものは、表によく子猫の絵が印刷されていました。とろけるようにかわいい子猫と、とろけるように甘いチョコという組み合わせが、人気だったようです。

眠り SLEEP

猫のねどこで
猫がまどろむ
おやすみ、おやすみ
ゆっくりおやすみ
生きとし生ける
すべての猫たち

えっと、これはぼくが書いた詩ですけど、
ぼくって、すっげえ教養がある猫で、
古今の名著を読破したんだ。
すごいでしょ！
そんなわけでいろんな本から、
眠りについて集めて、
その猫版を、お届けします。

「もつれた毛をときほぐしてくれるような
安らかな猫の眠りを
さまたげるのは、
ああ、おバカな人間の手だ」注1
「しばらく眠り、
しばらくまどろみ、
しばらく前足を組んで、
また、眠る」注2
「猫の深き眠りの中
ネズミたちが忍び足で通りすぎる」注3
「ああ、猫はどれほど
蜜のような眠りを楽しんでいることか。
なぐる、ける、追いかけるものなど、
夢に出てくることもない。
そういうわけで、猫はぐっすり眠る」注4

「ああ、なんと美しいのだ
高潔な猫の寝姿は」 注5
「年老いた赤茶の猫の言葉を聞きなさい。
ネズミ穴の前で寝ずの番をして
獲物を仕留めるのは、けっこうなこと。
でもそれよりもいっそう価値があるのは、
眠り、眠り、眠りです。
たとえ目が覚めたとしても、
のんびり横になっていなさい。
眠りより価値のあることなんて、
無い、無い、無いのです」 注6
「睡魔に抗《あらが》うことなど、誰にもできぬ」 注7
「おやすみ、おやすみ。
朝になるまで
おやすみを言いつづけるわ。
あなたに千回のおやすみを」 注8

そんじゃここからは、また、ぼくのオリジナルの詩です。

ねむくて、ねむくてたまらない
無意味な時間をすごすより
寝ていたほうがずっといい
どうです、猫はステキでしょ
あなたも猫になったらいかが？

注1　シェイクスピア『マクベス』第2幕第2場
注2　旧約聖書、箴言6：10
注3　フィリップ・ブルックス「ベツレヘムの小さな町」
注4　シェイクスピア『ジュリアス・シーザー』第2幕第1場
注5　ジョゼフ・アディソン『カトー』第5幕第1場
注6　アグネス・リー「年老いたリゼットが眠っている」
注7　マーティン・タッパー「美について」
注8　シェイクスピア『ロミオとジュリエット』第2幕第2場

魔法使い

THE WIZARD

そこの犬、気をつけるがよい。
われこそは、偉大な魔法使いなのだ。
変身して猫の姿に
なっているのだぞ。
本当は、身長百キュービット。
口をカッと開けると
歯は古代のドラゴンの牙のよう。
ツメは大鎌《おおがま》のよう。
ローマ帝国の戦車に
ついていたのと同じ
おそろしい大鎌だぞ。

目から火を出すし
口からは毒ガスを出す。
犬などペロリと一呑《ひとの》みだ。
そこの犬、わからぬのか？
ただのおくびょうな小さな猫が
毛を逆立てて、おどそうとしている
だけだと思うでない。
さっさとこの場を立ち去るがよい。
そうじゃないと、
たいへんだぁ！
わたしの呪文がとけちゃうよぉ。
そしたら木の上に逃げるしか
なくなっちゃうよぉ。

静寂

SILENCE

わたしはそっと歩く。
そうしようと思えば、
足下の大地をゆるがすことも
できるけれど。
わたしはそっと獲物を追う。
その静かなことといったら、
月の出のよう
一枚の木の葉が水にしずむよう
ひとひらの雪が舞いおりるよう
花びらに一滴の露が生じるよう
窓に霜がはるよう
雲の影が動くよう。
獲物を狩るときでさえ、
落ち葉をカサリと
させることもない。
ベルベットの靴でおおわれた
鋼《はがね》の足は、
ただひそやか。
だから昼間は聞かれることなく
夜は見られることなく
わたしはやってきて、
また去っていく。

タイガー、タイガー？

TIGER?

タイガー、タイガー、訳注1
闇夜に燃ゆる汝《なんじ》の眼《まなこ》よ。
闇夜に燃ゆるヘッドライトよ。
雨が降ったら、その下にもぐりこめ、
と猫に教えたのは、
いったい如何《いか》なる神ぞ。

嵐の雲が、星々を隠すとき、
猫は汝の下にもぐる。
そして雨が止んだら、
車の下から這い出て、
お花の匂いをかいじゃうのだ。
ああ、天の涙にふさわしきは、
この花の香り。
天の主は、自らの業《わざ》に、微笑《ほほえ》みしか。
また猫の姿の完成度に満足して、
微笑みしか。
タイガー、タイガー、
燃える汝が眼《な》は、夜を切り裂く。
ウィリアム・ブレイクに
詩をかかせし、
神の御業《みわざ》を誉めたたえよ。
猫の姿をこれほど完璧《かんぺき》に
創りたまいし、
神の御業を誉めたたえよ。

訳注1　英国の高名な詩人ウィリアム・ブレイクの名詩「虎」のパロディです。タイガーにひっかけて、英国を代表する名車ジャガーの姿もちらついています。

休戦

STANDOFF

わたしは広い世の中を
ずいぶん見てきた。
しかしきみのように奇妙な生き物は
これまでに見たことがない。
自分の家を、
背中にしょっているとはね。
あるいは戦車のマネを
しているつもりかね？
「カメ」と、きみは確か、
呼ばれていたな。
水生のカメ目に属しているとか。
なかなか立派な名前じゃないか。
もっともわたしも
正式にはネコ目ネコ科で

これはこれで立派だと思うがね。
いやはや。
わたしは、狩りのプロとしても
また美的観点からしても
きみをその甲羅《こうら》から
むりやり引きだそうとは思わない。
きみは食用になるという話だが
わたしはカメを口にしたことはない。
だいいち、きみだけが
鎧《よろい》をまとっているなんて
そもそも公平とは言えんじゃないか。
近づきになりつつ、
相手を観察するというのは
先人の知恵だが、
きみの態度を見ていると、
それがいい考えだとも思えんぞ。

まあ、なんだな。
けんか腰になるのも大人げないし、
この問題については、
おたがいにもう少し
考えてみようじゃないか。

置物　SET PIECE

わたし、日本の床の間に置かれた
陶磁器製の猫ですの。
とにかく、そういうことですの。

注：ウソにゃん

ミステリー THE MYSTERY

わかんねえなあ。
おれがどうして二匹いるんだ?
おれは毛皮におおわれていて、丸っこいだろ?
だけどよ、あっちはペタンコ。
おれは確かにここにいるのに、
そこの壁にも、おれがいるんだから、まいるよなぁ。
ほら、おめえにだって、見えっだろ。
ああ、いったいどうなってんでぇ。
だれかこの謎を解いてくれぇ。

侮辱 THE INSULT

ひどい侮辱。
わたしはすごく傷ついたから
家には帰らない。
よくも、わたしのことを
笑ったわね！
バカにされたわけではないと思う。
でもあなたは、
わたしを笑ったのよ。
わたしといっしょに笑った、
というのとは、
わけが違うわよね。
からだをなめていたときに
うっかりバランスをくずして
転んだら、
あなたは笑った。
笑い事じゃないわよ。
わたしの面目《めんぼく》は丸つぶれだわ。
あなたのゲラゲラ笑いのせいで
わたしの気品、威厳、
身体能力が否定されて、
わたしのプライドはこなごなよ。
冗談のわからない猫だなんて、
言わせないわ。
わたし、こう見えても
ユーモアのセンスはあるんだから。
ただし自分がバカみたいに
見えるのだけは、許せない。
そこに立って、
「おいでおいで、ミーコ、おいで」
なんて呼んでもダメ。

エサでおびきだそうとしても
ムダよ。
あなたのあの下品な笑い声のせいで
わたしはグサリと
傷ついたんだから。
傷が癒《い》えるには、時間がかかるわ。
もしかしたら、
一生癒えないかもしれないし。
わたしが家に帰るかどうか、
帰るとしたらいつなのか、
それを決断するのは、
わたしですからね。

幽霊毛布 THE HAUNTED RUG

そなたは幽霊を信じておるか?
わたしは、信じてるよ。
だって、わたしは幽霊だもん。
きまりでは
もちろん白くないといけないんだけど。
でも、ま、気にしないってことで。
ほら、見て。
わたしは幽霊毛布。
ほうら、動くぞ。
こわいだろう?
おそろしいか?
ブルブル震えちゃうほどか?
目を見開き、口もきけないくらいか?
それとも恐怖のあまり、

硬直しているのか？
すごい！
それでこそ、恐怖の幽霊体験というものだ。
それでは
すがたを見せてやるとしよう。
でもその前に、呪文をとなえなくてはならぬ。
よいか？
アブダラカダブラ・ブーラブラ
ナンマイダブダブ・ダーブダブ
ラーメン・ソーメン・アーメン・ゴメン
ホーカス・ポーカス・ミソッカス
ひらけゴマゴマ・へそのゴマ
うにゃにゃにゃにゃ、
出られなくなっちゃったよぉ。
あ〜ん、だれか、たすけてよぉ！
あ、そうだ、呪文だ。

なんか、もっとパワフルな呪文はないの？
イーニィ・ミーニィ・マイニー・モー
パッキン・ポッキン・シャッキン・チョキン
テクマクマヤコン・テクマクマヤコン
ちちんぷいぷい、ちちんぷい
我は精霊の力なり
エロイムエッサイムでエッサカホイ
エコエコアザラク、ネコネコニャコラク
痛いの痛いの飛んでいけ
はなかみ、はにかみ、はなげ、はかなげ
かしこみかしこみ、かっこめかっこめ
鏡よ鏡よ、鏡さん
臨《りん》兵《ぴょう》闘《とう》者《しゃ》皆《かい》陣《じん》列《れつ》在《ざい》前《ぜん》
とらのパンツはいいパンツ
地獄の沙汰《さた》も金しだい
あっ、これは、すごい！

おまじないが、きいたよ。
ふー、出られた。
閉じこめられるなんて、まっぴらごめんよ。
えっと、わたし、何の話をしてたんだっけ?
そうだ、わたしは幽霊よ。
う〜ら〜め〜し〜や〜

たんぽぽ
THE DANDELION

くんか　くんか
クー、こたえられねえや。
たんぽぽのにおいって、
人間には人気ないんだってな。
でも、これ、おれの好みだぜ。
ウー、たまらねえ。
ほら、おめえもかいでみな。

トリオ

TRIO

ケロケロ、ゲロゲロ、ゴロゴロ、ニャー
そっちにカエルが二匹いて、
こっちに猫が一匹いるよ。

「カエルくん、わたしたちはなぜ生きてるの？
だれか、考えたものはいないかしら？
命に意味があるのかどうか。命の終わりがどうなるか。
ねえ、どう思う、カエルくん？」

「命の終わりとは、腹を上にして、池にプカプカ浮くことだ。
ヘビにくわれることもあって、この場合、腹は下向きだがな。
フランスでは、『特製カエル料理《グラヌイユ》』にされることもある。

飛ぶものにおそわれて、空でくたばることもある。それでおまえさんたちはどうなんだ、猫さんよ？」

「ポイッと捨てられたり、車にひかれてぺちゃんこになったり、まわりはたらふく食べているのに、餓え死にすることもあるし、毒にやられることもあるわ。

生きるための秘策があるかしら、カエルくん？」

「おれたちは、何百個もの卵を産む。ハスの池の中にな。すると卵が孵《かえ》って、オタマジャクシになるんだ。

おまえさんたちはどうしてるんだい、猫さんよ？」

「けっこうたくさん子猫を産むわ。いちどに八匹か十匹くらい。そのためにもボーイフレンドは複数持たないとね。

あんたたちの卵はどうなるの、カエルくん？」

「むなしい話さ。
魚にくわれちまうんだ。卵もくわれるし、オタマジャクシもな。
おまえさんたちの子猫はどうなるのかね、猫さんよ？」

「人間につれていかれちゃうの。
人間は子猫をバケツで溺《おぼ》れさせて、殺すのよ。
あたしたちのかわいい子猫を。
どうしたらいいの、カエルくん？」

「もっとたくさん卵を産むんだな。
魚が食べきれないほどな、猫さんよ」

「あたしたちは、子猫をかくすわ。
人間に見つからないようにね、カエルくん」

「むなしいな。むなしくて、

バカげてると思わないかい、猫さんよ？」

「むなしいわ。むなしくて、
バカげてると思わない、カエルくん？」

「猫さんよ、なんでおれたちって、こうなんだろうな？」

「カエルくん、なんであたしたちって、こうなのかしら？」

ケロケロ、ゲロゲロ、ゴロゴロ、ニャー
そっちにカエルが二匹いて、
こっちに猫が一匹いるよ。
わたしたちの命の意味を、
ねえ、あなたたちは、どう思う？
お友だちなら、教えてほしいな。

飼い猫志願

APPLICATION

あのう
わたしは、ひとりぼっちなの。
おうちがなくて
友だちもいない。
だれも、引き受けてくれないの。

つらい身の上話なんか、したくないけど
ここのところ不運つづきなのよ。
ステキなおうちがあったのに
おばあさんが死んじゃって
おじいさんは猫がきらい。
それでわたしは家を出たの。

自分で自分のめんどうは見られるわ。

だけどあとどのくらいもつのか、わからない。
うすよごれた路上では
からだをきれいにすることもできないの。
いい暮らしになれちゃってたのね、わたし。

トイレのしつけができてるかって？
もちろんよ。
失敗なんかしないわ。
わたし、決まりは守るほうよ。

わたし、忠実な猫になるわ。
ちゃんと態度で示すつもりよ。
お友だちが訪ねてきたら、
わたしを呼んでみてちょうだい。
いちもくさんに駆けてくるから。

わたし、食べものにはうるさくないの。
ああ、そういえば
わたし、おなかがぺこぺこだわ。
そのうえ心もうえているし。

わたし、ノラ猫には向いてないの。
くらがりでこそこそ生きるのはイヤなの。
さみしくて、さみしくて、どうにかなっちまいそう。
それに、こわくてたまらないし。
ね、お願い。
わたしをおうちに入れてくださらない?

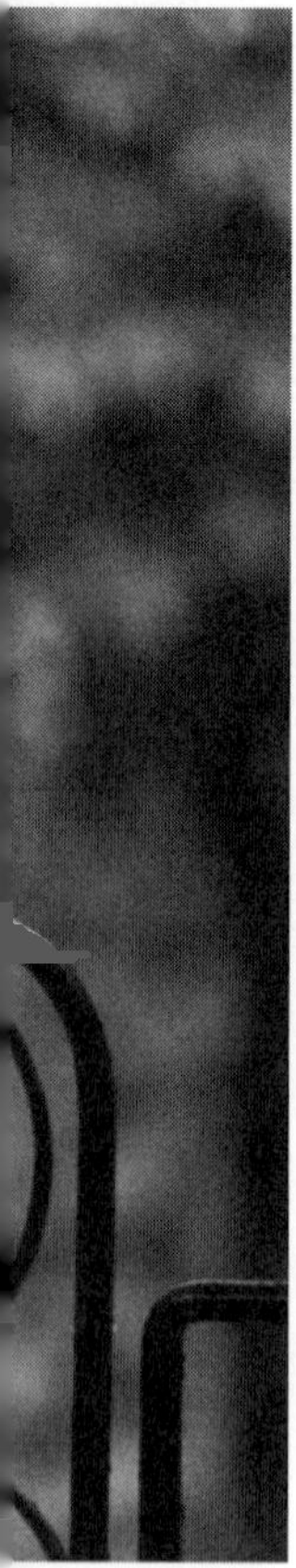

あてのない旅

JOURNEY TO NOWHERE

あの、あたし、どこへ行くんだっけ？
どうしてだっけ？
走りはじめたそのわけは？
え〜ん、わかんなくなっちゃったよぉ。
あのあの、あなただって、
こういうこと、あるでしょ？
ちゃんと頭に入ってたんだよ。
どこに行って、
何をしようとしてたのか。
だけどとちゅうで、忘れちゃったんだよぉ。
すご〜く、大事なことだったのに。
あの、あたしがどこへ、
なんで行こうとしたのか、
だれか、教えてくれませんか？

大事なことを考えながら急いでいる誰かについての短い詩

SHORT POEM
DESCRIPTIVE OF SOMEONE
IN A HURRY
WITH SOMETHING IMPORTANT
ON HIS MIND

そこのけそこのけ、子猫が通る

子猫のための子守歌

こもりうた

WIEGENLIED

ねんねんころりん、わたしの子猫
ねんねんころりん、わたしのすべて
ねんねのあいだ、母さんが
ずっとだっこしてあげますよ。
おめめをさましたそのときも
母さんは、あなたのそばにいますよ。
だからたのしい夢をみて
おやすみおやすみ、わたしの子猫。

走れよ、子猫

RUN KITTEN RUN

草原にはまだ朝露が光り、
一日は、始まったばかり。
走れ、走れ、走れよ、子猫。

さあ、起きて。
お日さまに、あいさつしよう。
走れ、走れ、走れよ、子猫。
一日はあっというま。
あれもこれも、やらなくちゃ。

走れ、走れ、走れよ、子猫。

台所にはネズミがいる。
きみの戦場が、まっている。
納屋の下にはドブネズミ。
一匹残らずやっつけろ。
走れ、走れ、走れよ、子猫。

速く速く、勇ましい小さな友だち。
楽しいことが逃げだす前に。
走れ、走れ、走れよ、子猫。
速く、速く、走れよ、子猫。

どうしよう　QUESTION

ミーミーミー、すごいでしょ。
わたち、ひとりで木のぼりしたの。
ミーミーミー、どうしよう。
わたち、ひとりで下りられないの。
ミーミーミー、どうしよう。

ベッドはダメよ　NOT ON THE BED

部屋のすみっこ
かいだんの上
カゴの中やら
いすの上
タンスや戸棚や
引きだしの中
どこに行ってもいいけれど、
ベッドの上には、乗っちゃダメ。

マタタビ踊り

THE CATNIP DANCE

あ〜あ、こりゃこりゃ、マタタビ踊り。訳注1
みなさん、どうぞ、ごいっしょに。
ちょいと跳ねたら、かがんでソレソレ。
あっち向いて、こっち向いて、回ってこりゃこりゃ。
跳ねて、走って、もっと跳ねて。
もえろマタタビ、世界一。
クルリと回って、また回り、
チョチョイのチョイと、足ふんで、
飛びましょ飛びましょ、ソレソレソレソレ。
猫ならみんな来い、こりゃこりゃこりゃこりゃ。
マタタビ踊りを、ソレ、ごいっしょに。

訳注1　日本ではいちばんよく知られているマタタビとしましたが、原文はキャットニップ(和訳名イヌハッカ)です。マタタビと同じく猫を興奮させる成分を含んでいます。

おふろですよ　BATH CALL

うちの　いいこは、どこですか？
うちの　かわいいこは、どこですか？
うちの　かしこいこは、どこですか？
おいで、おいで、おふろのじかんよ。
にゃおん、にゃおーん、おふろのじかんよ。

ご招待 INVITATION

ハツカネズミにハタネズミ、
野ネズミ、それからチビネズミ、
天井のネズミに、巣穴のネズミ、
町のネズミに、田舎のネズミ、
ネズミ色した教会ネズミ、
ねえねえ、こっちに出てきてよ。
ほら、あたしたちと遊ぼうよ。
あんたといっしょに遊びたいの、
もちろん遊びたいだけよ。

台所のネズミに、ゴミ箱のネズミ、
タンスのネズミに、応接間のネズミ、
おデブのネズミに、やせネズミ、
物置のネズミ、地下室のネズミ、
陽気なダンスを踊ってるネズミ、
ねえねえ、こっちに出てきてよ。
みんなでいっしょに遊ぼうよ。
いっしょに遊ぶと楽しいよ、
もちろん遊びたいだけよ。

あら、かわいそう、ケガしたネズミ。
頭がちぎれたネズミもいるよ。
裂かれたネズミに、つぶれたネズミ、
こっちのネズミは死んじゃった。
おばかなネズミ、うっかりネズミ、
疑うことを知らないネズミ、
絶対わざとじゃないからね、
いっしょに遊んだだけだもん。
ほんとにごめんね、ネズミちゃん。
ただ遊びたかっただけだもん。

たかいたかい

THE HIGH PLACE

のぼれ、のぼれ、木の上へ。
のぼれ、のぼれ、お空の近くへ。
ここなら人を見下《みお》ろせて、
だぁれも　わたしを　見下ろせないよ。
だから、わたしは木にのぼる。
高く高くと、木にのぼる。

朝のおていれ

EARLY WASHING

うんちょ、うんちょ。
あたちはまだ　ちっちゃいから、
ちぇなかに　ベロが　とどかないの。
でも、ま、いっか、どっちでも。
どうせ　あたちは　かわいいんだし。

まぼろしのネズミ

CHIMERA

いたいた、いたよ。
ほら、動いてる。
そーっとそーっと近づいて
ねらいすまして、よし、ジャンプ。
やったぁ、キャッチ。
つかまえた。
だけど、あれれ、ネズミはどこ?
今つかまえたネズミは、どこ?

ほんとはね、わたし、おけいこしているところ。
大きくなったら、つかまえるんだ。
大きな、チューチューなくネズミ。
そのために今は、おけいこ中よ。

金持ち猫さん、貧乏猫さん

RICH CAT, POOR CAT

金持ち猫さん、貧乏猫さん
飼い猫さんに、ノラ猫さん
路地にいるのは、
ホームレス猫さん
ペットショップには、
ブランド猫さん
いろんないろんな猫がいる。
金持ち猫さんが食べるのは
きれいな食器にのせられた
カニやチキンやロブスター。
貧乏猫さんが食べるのは
捨ててあるものや、残りもの。
魚の頭や骨や皮。

ね、公平じゃないでしょう？
世の中、不公平なのは、
猫の世界も同じです。

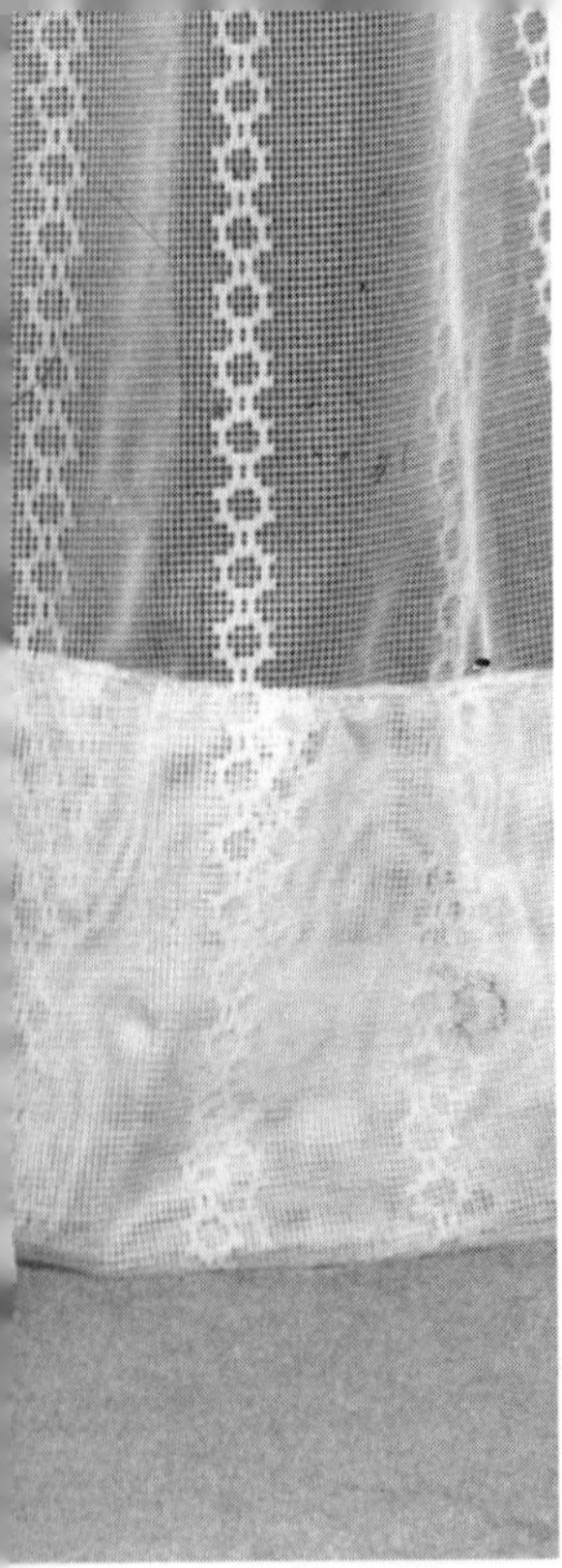

かくれんぼ

SURPRISE

さがして、さがして、わたしはここよ。
だれにも見えない、カーテンのうしろ。
ほらほら、ここよ。
そうっと、そうっと、
いち、に、の、ばあっ。
おどろいた?

じゅんばん、じゅんばん

DINNER LINEUP

ミーちゃん、ミコちゃん、
ニャーちゃん、ニャコちゃん
ミルクタイムよ、じゅんばんよ。
垂れたしっぽが　いっぽんで
立ったしっぽが　いち、にの、さんぼん。
いち、に、さんで、さっさと、どいて。
こんどは、わたし。
わたしの　ばんよ。

人間
MAN

鼻が長くて
目つきが悪くて
声はみみざわりで
そのくせおしゃべり。
毛皮もなくて
しっぽもなくて
足はたったの二本しかなくて
歩くすがたは、まるでサルね。
ツメはペタンコ
顔はのっぺり
わるだくみばっかり。

行儀が悪くて
じまんが多くて
まわりを見下《みくだ》すえばりんぼう。
うそがとくいで
悪事もとくいで
キーキーおこるおこりんぼう。
友だちづらもとくいだけれど、
すぐ裏切るから
信じられない。
あー、わたし
人間じゃなくて
よかったなぁ。

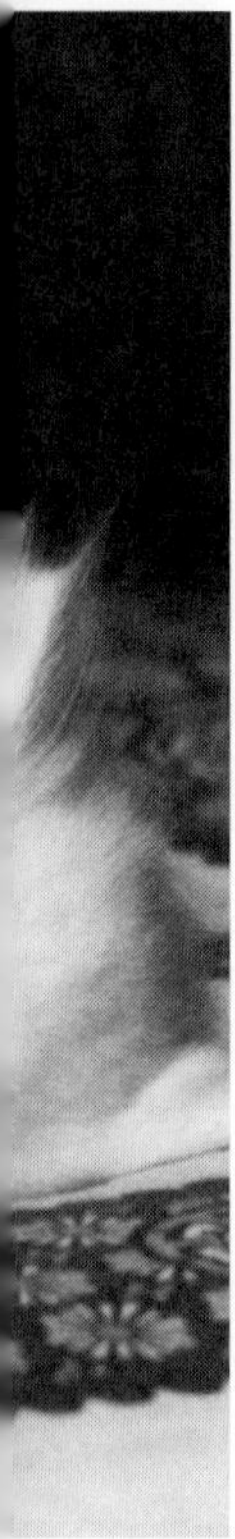

高貴な猫と、高貴とは言えない人間について

ポール・ギャリコ

猫は、猫嫌いがお好き

独断と偏見によれば、世界には二種類の人間がいる。猫好きと猫嫌いだ。猫好きは猫がちょっとでも見えようものなら、さわりたいしかわいがりたい。うずうずして猫が近づくのを待ちかまえているのだが、不思議なことに、猫が好むのは、どうも猫嫌いのほうなのだ。部屋に猫嫌いがいようものなら、猫はまっしぐらにそっちに向かっていって、ゴロゴロいったり、じゃれたり、転がったり、すりすりしたり、ひざに飛びのって「なでて、なでて」とせがんだりする。

いったいどうしてこうなるのだろう。猫は猫嫌いをモノにして、自分の力を誇示したいのだろうか？　それとも、おもしろがっているから？　ひねくれているから？　もしかしたら猫嫌いという疾患のせいで、人生の楽しみを逃している人

たちに対する同情や哀れみだろうか？

あるいは、これはある種の仕返しで、相手をますます不快にさせるためにやっているのかもしれない。そうだとしても、私は驚かない。猫は一方では神格化され甘やかされてきたが、一方では「魔女の使い魔」だの「化け猫」だのといわれて、ひどい目にあわされてきた。猫が人間にどう扱われてきたのかという歴史をふり返ると、人間のほうは分が悪い。たとえば猫の心の動きは、こんなふうに推しはかれるかもしれない。

「あらっ、この人、猫嫌いだわ。よし、そんならひどい目にあわせて、歴史的無念をはらしちゃおうっと」

それとももっと単純に、不可能に挑まずにはいられないというチャレンジ精神のゆえだろうか？

飼い猫トムの心理を探ってみよう。トムが家に帰ってリビングに入ると、なんとそこには猫嫌いのおじいさんがいて、恐怖と嫌悪の目で自分を見ていた。トムとしては、この挑戦を退けるわけにはいかない。トムの心の中には、近々裏庭の猫集会で仲間が交わす、こんな会話が浮かんでいるのだ。

「ニャニャ、あのトムの話、聞いた？」

「いや。悪い話か？」

「ううん、その反対。奇跡よ。奇跡としか言いようがないわ」

「早く教えてくれよ」

「あたしが聞いた話だと、このまえトムが家に帰ったら、お客がいたんだって。客間に座っていたそのおじいさんは猫嫌いだと、トムにはすぐわかったのよ。筋金入りで、あたしたち猫のことを徹底的に嫌っていたのね。トムは先手を打って、すぐさまそのおじいさんのひざの上に飛びのったの。そうしなかったら、おじいさんは立ちあがって、部屋から出ていきそうだったからね。トムによれば、どうしてもそのおじいさんをモノにしなければ、という決意が胸の内にムクムクとわきあがってきたそうよ。なぜだか自分でもわからないから、もしかしたら神様とか、ご先祖様の声が聞こえたのかもしれないって。とにかくトムはおじいさんのひざにのって、おじいさんが動けないようにしたの。それから前足をおじいさんのほっぺにあてて、耳のほうになでてあげながら、ゴロゴロやったのよ」

「すごいなぁ。それで、どうなったんだい?」

「信じられないことが起こったのよ。次の瞬間、猫嫌いのおじいさんはトムの頭をなでて『おやおや、おまえはわしのことが好きなのかね。いやはや、まいったね』って言ったんですって。しかもそれだけじゃないのよ。トムがあとから聞いた話だと、そのおじいさんは、捨て猫保護協会に出かけていって、猫を一匹引き取ったらしいわよ」

「驚いたね。これは、完璧な敵陣粉砕だ!」

「そのとおりよ。もちろんこれは、これから起こるかもしれないことよ。だけどもし本当にこうなったら、トムは古代エジプトの猫神以来の、礼拝されるべき猫になるわ」

この会話は空想に過ぎないが、人間がひとりでブツブツ言いながら、何かを発明するときだって、こんなものではないだろうか。「もしも燃費率と重さの関係を解決できれば、人類は月に行けるはずだ」。そう、何ごとも、まずはチャレンジ精神ありきなのだ。

もし猫と人間がおたがいに理解できる言葉で語り合えたなら、数分間おしゃべりをするだけで、この謎は解けるだろう。いや、そうはならない？　たしかに人間たちはおたがいに朝から晩まで言葉をしゃべり続けているが、実際にはたがいの言っていることはちっとも通じていませんな。

猫とライバル

猫は人の心を得るために（そして無料の宿泊所と食事にありつくために）、他の動物と競合する。ライバルは、ハムスターから馬までさまざまいるが、なかでも犬とサルが強力な相手だろう。この三種は人間といっしょに住んで、人間の突飛な行動に順応する方法をよく学んでいる。だが最も知性が高く、最も高度な暮らしを営んでいるのは、猫にちがいない。

理由は単純だ。猫は訓練したり、調教できるが、猫の場合はどうがんばっても、できないからだ。猫は訓練したり、芸を仕込んだり、つまり人間の命令に従わせることができない生き物。芸どころか、猫がやりたくないことを無理矢理やらせることは、不可能に近い。

この点では、猫は人間よりも高いレベルにいる。人間は、脅迫や訓練、ときには賄賂《わいろ》によって、たやすく調教できることは、皆さん、よくご存じだろう。人間は自らの本能が止めろと言っているようなこと、たとえば物陰から出てわざわざ機関銃の掃射の中に飛びこむようなことすら、やってのける。これが猫なら、自分の行く手に災難があると察知したら、サッと身をひるがえして逃げていく。その素早いことといったら！

サーカス団のサルは、首にナプキンを巻いてテーブルについて食事をしたり、太鼓をたたいたり、自転車に乗ったり、新聞を読んでいるふりをすることができる。だがサーカスを見に行って、猫の曲芸を見たことがある人がいますかね？いない？　そうですよね。これがネコ科の大きな動物、ライオンやトラの曲芸ならあるかもしれない。だがふつうの猫ではありえない。

トラもヒョウもピューマも、百獣の王と言われるライオンだって、調教することが可能だ。訓練士を噛みくだきたいという、本能的な欲求ですら、訓練次第で一時的に抑えることができる。立ちあがったり転がったり動物ピラミッドを作ったりするだけでなく、ジャングルに住む巨大なネコ科の動物が本能的に最も恐れているもの、つまり火への恐怖すら捨てるように教えられて、火の輪をくぐり抜けることとすらする。

　犬だって、サッカーも綱渡りも、宙返りでもするようになる。クマもローラースケートやシーソーをやるし、アザラシは一列に並んで音を出して歌のようなものを、がなることができる。ところがお宅の猫は、いくら呼んでも来ることさえしない。猫が来るのは、気が向いたときか、何か自分に利益があると自分が思ったときだけなのだ。

　今、思い出すのは、英国で映画の撮影現場を訪問したときのことだ。そこでは、亡きウォルト・ディズニー御大が、私の小説『トマシーナ』の撮影に取りくんでいた。

　主人公の猫トマシーナを演じるのは、プロが訓練した「訓練済みの」茶トラの猫だった。あるシーンで、トマシーナは天井の梁《はり》をあちらからこちらへと歩くという、なんということのない演技をすることになった。どんな猫でも目をつぶってでもできることだ。実際にリハーサルでは、このシーンは問題なく終えたのだ。ところがその後の二日間、撮影は行きづまった。トマシーナは何をどう思ったのか、天井の梁を歩かないと決めたのだ。そうなるとどんなことをしても、歩かせることはできなかった。命令しようが口笛を吹こうが、エサにも脅しにも屈しない。最後にはセクシーな雄猫を連れてきて、梁の向こうに座らせてみたのだが、それでもダメだった。ついにあの偉大な、神にも等しいウォルト・ディズニーご本人が、ぶち切れて怒鳴《どな》りちらすという由々しい事態が発生したのだが、それでもまるで効果はなかった。ディズニー御大には申しわけないが、私はひそかに、この猫を誇らしく思ったものだ。

猫は美しい

美はそれを見る者の目の中にある、という諺《ことわざ》が本当だとすれば、私の目には常にバラエティ豊かな猫の魅力が映っており、諺をフルに生きていることになる。猫がじっとしているときも動いているときも、私にとっては美しく愛らしく刺激的で、心和まされ、うっとりと魅惑される。

　引きしまって小柄なところ、それぞれのパーツ、サイズ、バランス、そして全体の形の好もしさよ。飼い猫はすべての動物の中でももっとも美しい。その美しさは、神々しいほどだ。全身あますところなく毛皮でおおわれており、その模様といったら、ピカソがうらやむほど芸術的。さらに流線型の体のラインはまことに機能的で、これぞ魅力と実用性とをあわせもった典型だろう。

では醜い猫は存在しないのか、というと、必ずしもそうとは言えない。目つきの悪い猫や、色の取り合わせが悪い猫、たまには形の悪い猫もいるだろう。だが矛盾するようだが、私にとっては、それでも猫は猫であって、それなりの美しさがあるように思える。その猫自身は自分が醜いということを知らないわけで、そこがかわいいのだ。その子の母猫もきっと、その子をかわいいと思っていることだろう。

鮮やかな色彩の羽を持つ鳥は別として、色合いや模様の種類の豊富さにおいて、猫は動物界最高の地位に君臨している。とんでもなくシュールな柄の三毛猫やら、クレージーキルトのようなむちゃくちゃな柄の猫がいるのは、猫たちがせっせと愛の冒険にはげんだ結果だろうか。

そして猫の毛皮や肉球に触れると、その快いこと！　そういえば十九世紀から二十世紀に変わるころには、気管支疾患の治療法として、胸を猫の毛皮で覆うというのがあった。ただしこれをするためには、猫から毛皮を失敬してこなくてはならないのだが。それほど猫の毛皮は快い。いや、快い以上で、うっとりと魅了され、抵抗することはできない。つまり猫が近くにいたら、なでずにはいられないということだ。

さらに猫のゴロゴロほど心を満たしてくれる音が、他にあるだろうか。これを上回るのは、きげんの良い猫がゴロゴロいいながら鳴くときの、いわゆる「ゴロゴロニャーン」だけだろう。これを譬《たと》えれば、天上の音楽というところか。

猫のゴロゴロは、何と書き表せばいいか、非常に難しい。無理矢理カタカナにしたものが「ゴロゴロ」だが、これでは、この音の魅力はとうてい伝わらない。ゴロゴロは、「わたしは喜びと平安の内にいます」ということを聞く者の魂へと届ける音なのだ。人間もできることならゴロゴロ言いたいときがある（めったにないが）。飼い猫に比べると、人間はさまざまな能力を持っているのに、心底満足した瞬間にそれを表現するすべとなると、持ち合わせていない。

猫は美しいだけでなく、愉快きわまる。ヒステリーの発作かというほど興奮して、家中をブンブン飛びまわり、カーテンに飛びつき、家具の上を猛スピードで走りまわる。それから急に立ちどまってあたりを見まわしたかと思うと、「すごい騒ぎだったねぇ」とでも言いたげな顔をして、こっちを見たりする。猫は美しさのとなりに、無意識の陽気さというものを常に持ちあわせているのだ。

そして猫がじっとポーズをとっているときには、うぬぼれに満ちている。猫というのはまったく虚栄心が強くて、誉めたたえられることが好きな生き物だ。猫は背景を選んで、自分が美しく見えるところに収まる。さりげなく片足を投げだしていることもあるが、な〜に、それは計算されたものだと、こっちもわかっているし、本人も当然承知！　そして、その計算はまちがっておらず、常に見る者を賛嘆させてくれる。美しさがうぬぼれを呼び、うぬぼれるから、さらに美しさに磨きがかかるわけで、いかんともしがたいではないか。

やれやれ、いくら言葉をつくしても、猫の美しさを表現できない。何とも言えない趣きがあって、崇高で、悲劇的で、喜劇的。均整、至高性、威厳、あらゆる魅力を備えていて、優雅。一言で言えば、猫は、ああ、美しい……。

猫は女性？　それとも女性が猫？

猫同士でおしゃべりをするときに、「おい、女々しいことは言うなよ」などと言ったりするのだろうか？　昔から女性は「猫のよう」といわれるが、本当にそうだろうか？

女性は、ほかの女性をけなすのが好きだが、そのけなす相手が自分の親友だったりもする。けなしている内容はその通りのこともあれば、不当なこともあるだろう。羨望や嫉妬や悪意からなされることもあれば、人から「頭が良い」と思われたいという欲求からのこともあるだろう。さて、「猫のよう」といわれるのは、このような行為なのだが、これのどこが猫と関係しているのだろうか？

「だって」とあなたはおっしゃる。「女性は裏切るし、残酷で、意地悪で、裏表があって、信用できないではありませんか！」

ニャンだと！　お宅の猫は、このうちのどれにも当てはまらないではありませんか！

基本的に、猫は裏切らない。ふざけたり、からかったり、こびたりはするが、そのことを隠していない。あなたにわかってほしいことが、ひとつある。それは、あなたが猫に与えているものに対して、猫は「お返し」の約束などしたことがない、ということだ。猫はあるいは「あなたを好き」かもしれないが、それはたまたまそうなのであって、「ごはんをくれれば、あなたを好きになります」と約束したわけではない。約束していないことをしなかったからといって、これを裏切りだと責めることはできませんよね？　そう、人間と猫とは、はなから平等ではないのだ。猫を飼っているあなたは、猫に快適な生活をさせる義務がある。だが猫のほうは、あなたに対してどのような返済の義務も負ってはいないのだ。これが頭に入ってさえいれば、「猫が裏切った」などというまちがいを口にしなくてすむだろう。

人間の女性が「猫のよう」といわれるときには、ただ単に人間らしくふるまっているにすぎない。人間はしばしば不誠実なことをする。人を出し抜くこともあるし、信頼できないし、身勝手だし、仲間を裏切るし、約束を破る。愛している相手をわざわざ傷つけるような、独特の能力も持っている。こういううんざりするような特徴は、言葉によってもたらされる。人間はたいていの場合、言葉でだますのだから。

猫はツメをたてて、ひっかく。人間の女性も「ツメをたてる」生き物で、女性のツメはマニキュアのためだけにあるのではない。「ひっかく」ということでも、猫はまた、いわれのない非難を浴びている。

あなたのひざにいた猫が、もしあなたにツメをたてたとしても、それはあなたへの攻撃などではない。攻撃どころか、猫は最大級の好意を見せたのだ。赤ちゃん猫が母猫のおっぱいをもらうときに、おっぱいの出を良くするために、母猫の胸を自分の足でフミフミしていることを思いだしてほしい。子猫はあなたといっしょにいてうれしいあまり、あの最高に幸せだった瞬間を再現せずにはいられないのだ。つまり猫がツメをたてたのは、あなたが猫を喜ばせた証拠。そう思えば、多少の痛みなど、何だというのだ!

女性は、自分にとって好ましいものを(それが男性であれ物であれ)つかんだときには、それにツメをたててしがみつき、絶対に離さない。その凄さときたら、まるで死神だ。いっぽう猫も、物をつかむときには、指の代わりに、ふだんはひっこめているツメを出す。猫のツメの仕組みは、逆トゲのある釣り針に似ていて、猫に有利にできている。だが猫がツメをたてるのは無意識だが、女性の場合は、じっくり計画を立てて、わざと行うという違いがある。

猫は、動物王国の中でも、最も真正直で率直な生き物だ。猫はいつでも、自分が何を欲しいか、何を考えているのかをきちんと知らせようとする。いっぽう女性は、自分の考えていることを相手に察してもらうことを期待していて、それが叶わないと、傷つく。猫は、自分の欲求を知ってもらいたいと、まとわりついたりはしない。だが女性は、何日でも待ち続ける。そのあげくどれほど長いこと待たされたかをうちあけて、「ああ、おれはなんと無知で鈍感だったのだろう」と、あなたが自分を責めるように仕向ける。

やれやれ。こういう、どちらが悪いかという比較をすると、ドロ沼にはまりこんで抜け出せなくなる。今、気がついたのだが、猫と女性には確かに似たところがあって、それは長所ではないか！　例えば、その美しさ。

猫の顔は、ひとつひとつの造作が最高の調和とバランスを保っていて、見ている者の胸をときめかせる。女性の顔も、猫に似ていると、その魅力には抗《あらが》いがたい。私は、とりわけ美しかったり表情豊かだったりする猫の顔をのぞきこみながら、ああ、お前が人間だったなら、口説き落として結婚を申しこむのに、と何度も思ったものだ。

イソップはこの願望を題材にして、ギリシャ神話の『ピグマリオン』に似た寓話を作った。ある若者が、ヴィーナスに、飼っている猫を人間の女性に変身させてほしい、と懇願する。ヴィーナスは願いを叶えてやり、若者はこの上ない喜びを味わう。ところが残念なことに、猫が変身した女性は、ベッドから飛び出して、あたりをウロチョロしているネズミに襲いかかるという習性がどうしてもやめられない。そんなわけで、なんとも魅力的だったこの試みは失敗してしまう。残念きわまりないが、私はこの若者の願望はまことに当を得たものであったと思っている。

最後に、女性と猫の両方に備わっている「神秘」という問題がある。男は、女性の内面や猫の心の内を、憶測することはできるが、確信を持つには至らない。だからこそ、そこに魅力や期待や興奮が生じるわけだが……。

女性の奥深さについては、飼い猫の表情を読みまちがえるのと同じように、判断を誤ることがある。深淵な神秘の微笑《ほほえ》みを浮かべた女性は、もしかしたら頭がからっぽというだけかもしれない。だがこの女性は、男性に「おれは賢い」と思わせてあげたいがために、「バカ」のふりをしているのかもしれず、謎は永遠に続く。

猫は神として、女性は女神としてあがめられた経験があるわけで、猫も女性も神秘については正統な権利を持っているにちがいない。そんな存在をあれこれ詮索するのは、まことに畏れ多いことだから、ここでやめておくとしよう。

猫は残酷？

猫の残酷さがあげつらわれることがある。猫は「残酷」「冷酷」「野蛮」「無慈悲」などといわれるが、これぞまさしく噴飯もの。ほらほら、こんなことをいわれたときには、猫ちゃんは、笑いころげていいからね。

なぜなら残酷な行為というものは、考慮され、計画され、知識をもって為されるものであり、そんなことは人間にしかできないからだ。人間は他のものの苦痛や苦難を楽しんだり、あるいは自らを冷酷で無慈悲に見せたいがために、残酷な行為を行う。

人間は、猫の狩りの様子を見たときに、残酷だと騒ぐ。あいにく猫の獲物に、かわいい小鳥が含まれているために、愛鳥家の声高な非難が加わる。愛鳥家は人間だということを、もう一度強調しておこう。ミミズや魚、虫やカエルやヘビやネズミは、鳥に襲われて、連れ去られ、ズタズタに嚙みちぎられて喰われるというのに、こういう生き物は、愛護の対象にはならないらしい。

ようするに、どの生き物がどの生き物を食べるか、ということでしかない。鳥は猫と同じくらいに残酷だし、だいいち鳥のほうが空から襲いかかることができるぶん、有利ではないだろうか?

「猫は、ネズミをなぶり殺しにして、遊ぶ」と、よく耳にする。だがこれはまちがいで、正しくは、猫はネズミと、狩りの「練習をしている」または「訓練をしている」と言うべきだ。

猫の「遊び」はほとんどの場合、遊びではなくて「訓練」と言ってよい。猫は小さくて動くものには、すぐさま興味を示す。葉っぱや風にゆれる草、ヒモや紙切れを動かしても、反射的につかまえようとする。動くということは生きているということで、生きていて小さければ、つかまえて食べることができるかもしれないのだから、そうしないわけにはいかない。

木だって切り倒されるときには、苦痛を感じているのかもしれないが、そうだからといって、われわれが木を切るのをやめるわけもなかろう。つまりこの世には、狩るものと狩られるものがあり、狩られるものは、それが自然の摂理である、と気づいてもらうしかない。

猫の相方のネズミは、スピードや嗅覚、狡猾《こうかつ》さ、本能という天賦《てんぷ》の才を持っている。もしよければ、あなたも一度床にはいつくばって、素手でネズミをつかまえようとしてみてはいかがだろうか。できないはずだ。万が一できたとしても、嚙みつかれる。それが病原菌を持っていれば、あなたは嚙まれたのが原因で死ぬかもしれない。

もちろんわれわれは、ネズミより賢いし、自らの限界を知っている。そこでネズミ捕りを発明し、おいしいエサをしかけて、ネズミをつかまえるわけだ。さてネズミ捕りのバネがネズミのしっぽなり、足なりをはさんだとしよう。そのネズミは一晩中苦しみぬいて、ジワジワと死ぬことになる。

人間は気軽に「残酷」という言葉を使うが、それをどこでどう使うべきかは、なかなか繊細な問題を含んでいる。

猫の超常の力

私は一人の男として、結婚している男性読者に聞いてみたいのだが、あなたの奥さんは、あなたの心や行動を見透かす超能力を持っているのではないか、と疑ったことはありませんか？　犬にはそんな力はないし、子どもにもないと信じたい。だがどうやら女性と、そして猫にも、不思議な力があるようだ。さて、いったいどう対処したものか。

猫は、女性に対してもこの力を発揮するのだろうか？　女性でも猫でもない私にはわかるはずもないのだが、女性の神秘の力が、猫の神秘の力をいささか削《そ》いでしまう、ということがあるのだろうか。どうもおたがいに相手の秘密に踏みこむことは避けているように見える。

ところが相手が男性となると、猫はこちらの内面を見透かしていて、まったく優位に立つ。そのうえ猫は、男性を一家の長として尊重するというふりさえしてくれない（猫自身に利益がある場合は別）。

こうなるとわれわれは、自分の傷つきやすい神経にサイのようなぶ厚い皮をまとわせるか、あるいはチヤホヤされずに生きていくための精神的かつ感情的なタフさを身につけるしかない。

妻がよく使う手に、まず沈黙して口を固く閉ざして、傷ついていることを表情で訴えてくる、というのがある。これをされると、あなたとしては、どうしても「どうしたんだい？」などと聞かずにはいられない。最初の答えはこうに決まっている。「あら、何でもないわよ」。だがこれが口火となって、恐ろしいことが始まる。あなたの罪が、暴露されていくのだ。妻とちがって猫は沈黙を守るので、あなたは想像をめぐらし続けるしかない。

私たち人間は、どれほど大人で教養があったとしても、施《ほどこ》し物を与えたいという欲求を抑えることができない。「受けるよりも与えるほうが幸いである」という聖書の言葉は、何であれ、何かを与えたときには、どれほど気分がいいか、それを思いださせてくれるものだ。

神は与えてくれる。少なくとも人間は、神に何か与えてほしいとひっきりなしにせがんでいる。そしてわれわれが与える立場になったときは、贈り物が小さかろうが大きかろうが、食料だろうがガラクタだろうが、恒例だろうがサプライズだろうが、自分が神になったかのような気分を味わうことができる。猫はこのことを知っていて、これを最大限に利用する。

与えるという行為には、その裏側に贈賄《ぞうわい》という面がある。つまり与える側はつねに、もらった側がそのお礼として、少なくとも自分に好意を持ってくれることを願わずにはいられないのだ。そんな気持ちはないですって？　もちろん、そうでしょう。ほとんどない、ということもありますよね（でも、かすかにはある）。猫はこのことを知っている。知らなかったとしても、すぐに気づく。つまり猫は、あなたのふたつの気持ち、①何かを与えて、神になったような気分を味わいたい、②与えたのだから、自分を好きになってほしい、をあらかじめ読みとっていて、あなたを右往左往させるのだ。

さらに猫が攻撃してくる三つ目のポイントがある。長いこと人間とつきあってきた結果、猫は何ごともサラリと受けとめるということを学んでいる。あなたの食事中に、猫がおいしそうな物を一口くれ、とねだったとしよう（おねだりは禁止されているが、すでに有名無実となっている）。あなたが断ると、猫は「仕事でイヤなことがあったから、八つ当たりしてるのね」と哲学的な表情を浮かべて諦めるかもしれない。または深い失望の色を浮かべて、身体全体で「フン、しみったれ」と表現しながら、立ち去るかもしれない。いずれの場合も、あなたは良心の呵責《かしゃく》を感じずにはいられない。

つまり猫は、こちらが思うよりもずっと、人間のことをよく知っていて、人の心の内奥の秘密まで見透かしてしまうのだ。

古代エジプト人は、猫を神としてあがめた。猫神の祭壇のまわりを、花冠をかぶった乙女たちや楽人たちが踊り、猫を傷つけたり殺したりした者は処刑されたが、それは古代エジプト人が何ごとかを知っていたからだろうか？　何世紀ものあいだ、そう信じられていたように、猫は占いや予言、知られざるものと交流できるような超常の力を、本当に持っているのだろうか？　魔女と黒猫、悪魔と猫は関係があると、長いこと信じられてきたのは、故あってのことなのだろうか？

猫の歴史を見ていくと、猫の持っている妖しい力に関する不思議な話がたくさん出てくる。迷信でしょうって？　しかし、火の無いところに煙は立たぬ、とも言いますぞ。

もちろんこれはバカげた話であって、私としても、うちの猫が私に届いた郵便物を読んでいたとか、私が電話で話しているのを聞いていたとか、ある人物をどうやって抹殺しようかという私の妄想を知っていた、とか言うつもりはない。だがそんなことはあり得ない、と断言することもできない。何しろ相手は猫なのだから。

選ばれし「猫派」

最近、「猫派」と呼ばれる人たちが、ひそかに台頭しているらしい。猫への愛情を描いたさまざまな著作の影響もあるかもしれないし、そのなかには私の本の影響もないではないかもしれない。実は私が「猫派」と呼んでいるのは、猫をあがめている人々のことではなくて、猫を好む自分たちをあがめている、いささか困った人々のことだ。

「猫派」の人たちは、相手も猫派だとわかったとたんに、「おお」とか「ヒャア」

とかの喜びの奇声をあげる。それから久しく会うことのなかった親友か何かのように肩を抱きあって、選ばれた自分たちだけの世界に入りこんでしまう。何かの集まりに参加していても、自分たちだけで隅のほうに引っこんで、猫話で勝手にもりあがる。

その姿は、野蛮人の中に、自分と同じ繊細な感性を持ったエリートを発見して、うれしくてたまらないというようにも見える。

愛猫家であり、わが愛すべき友である皆さん、われわれは危機に直面しておりますぞ。自己礼賛に陥ったわれわれは、たまらなくクサくて退屈なグループになり下がりつつあるのですから。

危機はひっそりと忍び寄ってきた。さまざまな本や雑誌で、猫のとりこになった古今東西の有名人が紹介されていると、猫好きとしては、読まずにはいられない。皇帝や女王、総理大臣、大物政治家、高官、将軍、征服王、偉大な画家や音楽家や作家、ハリウッド・スターもいて、非常に魅力的な人物の名前もあがっている。歴史に名を残したり、カメラマンに取り囲まれたり、新聞に書かれたりするような著名人なのだから、私も正直な話、猫好きの一人として光栄に思う。

だがここからおかしな三段論法ができあがる。

「世界に冠たる有名人が、猫を愛している。私は猫を愛している。ゆえに私は、有名人と同じだ」。

心をくすぐられる話にはちがいないが、忘れていることがある。有名人の中には、猫が嫌いで、猫を飼うなんてとんでもない、と思っている人も大勢いるということだ。

私たち人間は、排他的なグループを作る傾向がある。だが自分たちを選ばれた者だと誇ったり、異なる趣味の人を排除したりした瞬間に、私たちはやさしさを捨てることになる、ということを覚えておこう。

ところで、もしかしたらもうお気づきかもしれないが、私はこの警告を誰よりも自分自身に向けて発している。この章を書くために自分をふり返ってみたところ、私が説教したことはひとつ残らず自分自身が犯していることだった。そういうわけで皆さん、「はっは、おまえは罪人だ。しかも最悪だ」などと、今さら非難してもムダですよ。もちろん私は罪人だ。神の名において、私は罪を犯しましたとも。

ご存じのように、猫ほど、伝説や神話や象徴や宗教や歴史を通じて人間とつながりを持ってきた動物はいない。猫は人間の歴史に初めて登場して以来、いつも一定の役割を果たしてきた。だが興味深いことに、初期エジプト王朝時代の壁画以前には、猫に関する記録がほとんど見つからないのだ。猫は、ある日突然、地球上に姿を現し、そのままの形でずっと続いているようで、まったく謎めいている。

やはり愛猫家は、こういう謎や神秘が自分たちに乗り移って、自分たちも謎めいた優れた存在になることを願っているにちがいない。猫が超常の力を持っているからこそ、私たちは猫と親しくなりたいし、猫の友だちとも友だちになって、この輪を強固なものにしたいと思うのかもしれない。

だが覚えておかなくてはいけないことがある。どれほど猫を賛美していても、それは外側から見ているだけであって、猫の仲間になれるわけではない、ということだ。猫は、猫派の人間など歯牙にもかけず、認めてくれることもない。とびきりの猫派だろうとお構いなしだ。これを説明するには、私が経験した屈辱的で、みっともないエピソードをお話しするのが早いだろう。

何年も前のことになるが、猫を主人公とした小説を出版したことがきっかけで、私は英国王室の方々やお子さまたちとの午餐会に招かれた。王家に猫好きの方がおいでだったのだ。

昼食の後で、全員が納屋へと向かった。そこで王室のペットである貴重な猫が飼われていた。私は、トムという名の大きな白黒の猫に紹介された。私は猫については何でも知っている、と思われていた。

高貴な方々が、私とトムが一目でひかれあい、仲良しになるのを待ちかまえるなか、だれかが私の腕にトムを抱かせてくれた。だが、何ということ！　トムは私の顔にツバを吐きかけ、頬をひっかき、ギャッと叫びながら、私の腕を逃れて、どこかへすっとんで行くと、何かの下に隠れてもう出てこなかったのだ。

応急手当をしてもらってから、私は午餐会の場を後にした。私は猫好きのふりをしていただけだろうか、王室の高貴なペットに化けの皮をはがされたのだろうか、ペテン師が当然の報いを受けたのかもしれない、という疑いの雲は、当然胸の内に巻きおこり、長く留まったのであった。とほほ。このとき以後、王室からお声がかかったことは一度もない。

またあるとき、テレビ番組に出演することになった。一匹の猫をはさんで女優のリリー・パルマーといっしょに、ウィリアム・ブレイクの詩「虎」について話をするという企画だ。だが番組はお世辞にも成功したとは言えなかった。スタジオが借りてきたトラならぬトラ猫が、断固として私を拒絶したからだ。この猫は頭の良い猫で、美人女優のリリーに対しては何の文句も示さなかったのだから、憎らしいといったらない！　おかげで番組の冒頭から、私の面目は丸つぶれ。数千万人の視聴者から私がどう思われようと、その猫は気にかけてもくれなかった。

思い返してみると（あまり思いだしたくもないが）、本の宣伝用の写真を撮るために、猫を抱いてポーズをとったことがある。モデルをつとめた猫は、その場から逃げだそうと大騒ぎを演じたわけではなかった。だが私のプロのテクニックをもってしても、このひねくれ猫の機嫌をとることはできなかった。猫はスキがあれば逃げだそうとしていた。写真を見ると、私と猫とが戦っていて、私が力ずくで押さえつけているということが、ありありと見てとれた。

そうはいうものの私もこれまでに、友人の猫やノラ猫から突然の好意を寄せられたことだってある。あのお決まりの賞賛「まあ、驚いた。この猫、あなたが好きなのね。ふだんはすごく気むずかしいのに」と言われたことだって、数知れない。つまるところ、猫の気持ちは人間にはわからないということではないだろうか。猫好きは謙虚である必要があることを、おわかりいただけたことと思う。

ここまで書いてきたことを印刷して、「選ばれし猫派」の人宛て（私自身を含む）に、送ってみてはどうだろう。猫派の傲慢さは猫も喰わないと指摘することで、意味のない優越感を捨ててくれるだろうか？　もし私自身がこれを受けとって、退屈な猫自慢やら、猫好きだということから優越感を抱くのをやめるならば、私は社会に多大な貢献をしたことになるのだが、まあ、なかなか……。

愛について

最後にもうひとつ、ぜひ考えてみたいことがある。うちの猫が私のことをどう思っているのか、私はときどき知りたくなるのだが、皆さんはいかがだろうか？それとも猫の気持ちをあれこれ詮索するのは止めて、ただあるがままを受けとったほうがいいのだろうか。

私の猫への気持ちは、賞賛と共感と驚きが混じったもので、さらにつけ加えるならば、ほんの少しの哀れみの思いが混じる。さらに全体を、深いところからわき上がってくる、理性では説明できない「愛」の思いがおおっているというところか。いったいいつ、どこで、人間と猫のあいだに、愛情という不思議が生まれたのだろう。

歴史をふり返ってみると、そもそもの関係は、おたがいに実利を求めての単純なものだった。そこには、感情の入る余地などなかった。人間が穀物を貯蔵することを覚えたとき、貯蔵庫にネズミがもぐりこむことがわかった。そこで人間は、ネズミをつかまえる猫に注目したのだ。貯蔵庫に猫を放つと、猫は思うままにネズミをつかまえて食べた。こうして人間も猫もおたがいの食料を確保したというわけだ。

この関係は古代エジプトで確立したことが、絵画や文献からわかっている。だがあるとき、説明のできないことが起こった。穀物貯蔵庫の獰猛《どうもう》な守り手だった猫は、突然、位の高い神として神殿に祭られることになった。

当時の猫は人間との関わりが今よりも深くて、飼い主が狩りに行くときにはお供をすることもあったようだ。やがて猟犬にその地位は奪われるが、トラ猫が沼地の葦にひそんで、鳥を追いたてる様子が壁画に残されている。人間のそばにいるうちに、この動物は人びとの心の中に入りこんでいったらしい。やがて家の中に猫の居場所ができあがっていった。そしてまわりの人間の心に、猫に対する畏れや崇拝、尊敬の気持ちを植えつけた。それだけではない。人間と猫のあいだには、すべてを凌駕《りようが》する「愛」という感情さえ、芽吹くようになったのだ。

絵画や文書から、古代エジプト人が、家の猫を甘やかし、賓客《ひんきやく》としてもてなし、愛情を注いでいる姿が見てとれる。だが猫のほうは、古代エジプトの人々を愛していたのだろうか？　野生の生き物である猫の胸の内に、いったいいつ、どうやって、愛情が芽ばえたのだろう？　そしてこの感情のルーツがどこにあるにせよ、はたしてうちの猫は、私を愛してくれているのだろうか？　自分を猫の立場におきかえてみると、人間を愛するのはなかなか難しいのでないかと思わずにはいられないのだが……。

うちの猫の目に、私は落ち着きがなくて気まぐれで愚か、常軌を逸していて、独善的で自分勝手に見えるにちがいない。食事や寝床を用意してやるほかに、私が四本足の友人に対して提供すべきものとはいったい何だろう。独占欲に満ちた人間の愛情は、人間でさえときに嫌気がさすのだから、猫はもちろんゴメンだろう。

だいたい人間は、愛は愛を生むという激しい思いこみを持っているのだが、これはとんでもないまちがいだ。感情というものが発見されてからこのかた、男性はこの幻想のせいで、女性とのあいだでも、男性同士でも、トラブルを巻き起こしてきた。「ぼくはこれほど君を愛しているのに、なぜ君はぼくを愛してくれないんだ！」と、不幸で愚かな青年がつめよる。

また相思相愛という関係の中でも、愛の分量を比べたがる。「ぼくと同じだけ、君もぼくを愛しているのだろうか？」より多く愛したほうは、損をするとでもいうのだろうか？

人間は愛の答えを言葉で探したり、嘘をついたりする。だがうちの賢くも口を閉ざした猫は、言葉を発することはない。

だからこそ私は考えるのだ。猫の愛の構造は、私が考えているものと同じだろうか？　もしかしたらうちの猫は、食べ物につられて、私になついているだけではないのか、という疑惑がどうしても頭をよぎる。

かつて本当に「猫の神」ともいうべき、超能力を持った猫がいて、天才的なひらめきによって、人間は永遠に愛の奴隷だと悟ったのかもしれない。そしてこのことをほかの猫たちに告げたのかもしれない。「猫たちよ、聞くがよい。人間は、しかるべき方法で近づきさえすれば、コロリと従う。だからおまえたちの言いなりになるよう、人間をしつけなさい」と。

人間は、同じ人間の熱烈な愛の告白をさえ疑うのだから、猫を疑っても当然だろう。実際に、猫の独立心やよそよそしさを知っているために、ますます混乱してしまう。だいたい猫はそばにすり寄って来ることもあるが、まったく寄りつかないことだってある。そう思うと、疑いはいよいよ深まっていく。そういえば、とあなたは考える。猫が近づいてくるのは、何か欲しいものがあるときだけではないか。だがこのとき突然、あなたは思いだすだろう。あなたがすっかり落ちこんでがっくりと椅子に座りこみ、心に隠した傷や心配事、失望や危機感に耐えていたときに、あなたのひざに柔らかくてふわふわしたものが乗ってきたことを。それが身体を押しつけてくると、あなたのまわりに、温かで心地よいものが広がったことを……。

ときに猫は、捕ったネズミをプレゼントするという形で、あなたへの愛を示してくれるかもしれない。きれいな白い紙に包み、金色のリボンをかけて。もちろん、猫にそんなことができれば、の話だが。あるいはあなたが帰ってくるのを、家の門かドアのそばで、ひたすら待っていてくれるかもしれない。だれでも猫を飼ったことのある人なら、愛の証拠を語るエピソードのひとつやふたつは、持っていることだろう。

私は先に、猫に対する感情には哀れみの要素が入っていると書いたが、こういう気持ちも私と猫とで共有しているのではないか、と思う。うちにすっかりなじんだ猫は、私を気の毒に思い、哀れんでくれているのではないか、という気がしてならない。静かで満ち足りた猫の心に近づけるように、私を助けてくれているのではないだろうか。

本当に動物を愛している人なら、「哀れむ」という言葉を理解してくれることだろう。私は「猫を哀れむ」という言葉を、上からの目線で使っているわけではない。

もしそうだったら、そこに愛が生まれるはずはない。そうではなくて、むしろ「猫が猫であることを、思いやる」と言えばいいだろうか。猫であることは、人間が人間であることと比べても、なかなかどうして、ややこしいものに思えるからだ。

もっとも猫は、哀れみなど微塵《みじん》も必要としない生き物なのだが……。猫はもともと魅力があるし、人間に尊敬の念を起こさせるがゆえに愛される。いつも多くを要求しているように見えるのに、欠けるものがあっても生きていける。ひどく甘やかされた猫でも、過剰に期待しないことを知っているように見える。つまり猫は猫の方法で、生きることに長《た》けているのだ。あなたから愛を巧みに盗んで、あなたの心を操ることだってできるだろう。だがひとつ、覚えておいてほしいことがある。基本的に、猫はお返しの約束をしていない。ところがあるとき、それもいちばんありえそうもないときに、猫は突然、あふれるほどのお返しをくれることがあるということだ。

さて、われわれの猫の探求の旅は、はるか遠くまで来たものだ、と思う。とはいえ、どこかにたどり着いたかと言えば、どこにもたどり着いてはいないのだが……。

最後の質問といこう。猫との関わりのなかで、人間は自らの内に、少しでも賞賛できる要素を見いだすことができるだろうか？　もしそんなものがあるとしたら、それはこういうことではないだろうか。われわれ人間もまた、見返りを期待せずにだれかを愛することができる……。皆さんの答えはいかがだろうか。

訳者あとがき

灰島かり

ポール・ギャリコ（1897―1976）はニューヨークの雑誌の世界で、物書きのキャリアをスタートしました。スポーツライターとして名声を得て、最も高額なギャラをとるところまで出世したのです。けれども三十九歳のときに、雑誌の世界から足を洗い、英国に移住して作家業に専念します。以後、四十冊以上の本を出版。短篇『スノーグース』や中篇『雪のひとひら』から、長篇『ポセイドン・アドベンチャー』まで、幅広い作品を手がけています。つねに豊かな物語によって読者を楽しませてくれる作家なので、今も人気が衰えることはありません。

ギャリコの猫好きは、つとに有名です。「まえがきにかえて」の裏側をご披露すると、彼は四度結婚し、そのうちの二人の元妻からは、後に訴訟を起こされています。どうも女性との関係は、猫とほど、うまくいかなかったようです。十三年間続いた最初の結婚の直後に二度目の結婚をしますが、一年で破局。その後引っ越したのが、英国デボン州の人里離れたコテッジでした。まえがきで「自由」が強調されていますが、そこには結婚生活からの自由も入っているにちがいありません。雑誌で「妻より猫を選んだ男」とからかわれたこともあるほどですが、そういえば女性への視線は、猫への視線よりはるかに厳しいものがありますよね！

さて、本書『猫語のノート』は、猫が書いた（?）『猫語の教科書』の姉妹篇です。ギャリコにはめずらしく韻文で書かれています。詩というよりライトヴァースと呼びたいような軽やかな文章で、あるときは鋭くあるときは甘く猫の世界を切り取ってくれます。英語のリズムや韻を離れて、それでも楽しさを失わないようにと、悪戦苦闘の翻訳でした（訳者は、これが飯より好きな口ですが）。踏みこんだり、はしょったりしたところがありますが、ギャリコのスピリットは忠実に訳したつもりなので、楽しんでいただけるとうれしいです。巻末のギャリコのエッセイも、縮めて編集してあります。

悪戦苦闘にあるときはつきあい、あるときは道を外さないように留めてくれた編集部の喜入冬子さんと、アシスタントを務めてくれた山本紗耶さん、そして最後になりましたが、猫の味方である読者の皆さまに、心より感謝申しあげます。

〈文庫版刊行にあたり〉

皆さまに長くご愛読いただいている『猫語の教科書』に続いて『猫語のノート』もちくま文庫に加えていただくことになり、訳者としては本当にうれしい限りです。『猫語の教科書』と『猫語のノート』、本棚に並べていただくとなかなかステキなカップルだと思うのですが、いかがでしょうか？

実は『猫語の教科書』の単行本刊行直後の一九九五年の夏に、わが家に一匹の放浪の雌猫がやってきました。そうして、まさしく『猫語の教科書』のお手本通りに、わが家はこの猫に完璧に乗っ取られたのです。放浪の猫はうちの「なっちゃん」（夏に来たので、本名は「夏子」）として腰を落ち着けてくれて、美しさと賢さで絶賛され続けていました（絶賛したのは、もちろんわたしです）。でも年をとり、二〇一〇年に静かに息をひきとりました。『ノート』を訳しているあいだ、私の耳もとではときどき、このなっちゃんの声が聞こえていました。「あんたってさぁ、やっぱり猫のことがわかってないよねぇ」とか「その日本語じゃ、ギャリコさんの言っていることが伝わらないじゃないの」とか、たいていは辛辣で耳の痛いことばかりなのですが、たまには入れ知恵をくれたりしたんですよ（そういうときは必ず、「うん、天才的。だけど私が教えてあげたんだから、あんたのお手柄じゃないから」とか「英語と日本語のニュアンスの違いがわかる猫がいるなんて、あんたみたいにラッキーな人はいないでしょ。そのわりにがんばりが足りないんじゃないの」とか厳しい叱咤激励が飛んできました）。

というわけで、この『猫語のノート』の翻訳は、なっちゃんの思い出に捧げようと思います。なっちゃんの入れ知恵が少しでも役に立って、楽しんでいただけますように。

（二〇一六年三月）

解説　すべての猫は語る

角田光代

猫が我が家にやってくる前、「猫」という生きものは、私の世界に存在しないに等しかった。もちろん認識はしていたけれど、ただ「かわいい生きもの」として分類されていたにすぎなくて、犬やハムスターとそう大きくは変わらなかった。

猫がやってきて、そうして私の世界に「猫」がやっと生き生きと存在しはじめた。猫が猫として存在するということは、犬やハムスターと「猫」の違いがはっきりわかることを意味し、また、自分ちの猫のみならずすべての猫を愛することを意味する。すべての猫を愛してしまうと、猫が視界に入るとすぐ目で追って、その姿をたしかめるようになる。お他所の家の猫や野良猫ばかりか、バッグやカップや文房具に描かれた猫にまで。

猫の本、というジャンルがある。猫の飼い方指南や写真集、猫の気持ちを教える本。猫絵本に猫小説、猫エッセイに猫漫画。書店にいっても、以前は私の目にそれらの本は見えなかった。けれど今は、はっきりとそのコーナーが私を呼んでいる。はじめて猫の本を買ったときは、そのことに驚いた。猫の写真がいっぱいのった本を買うなんて、人生においてはじめてのことだったのである。

猫の存在する世界に生きているだれもが知っている、『猫語の教科書』という本も、私はまったく知らなかった。何人もに、えっ、知らないの？　と訊かれてきた。

このたび、その有名な『猫語の教科書』の姉妹篇とも呼べる『猫語のノート』が発売となった。

『猫語の教科書』は、人間をいかに操るか、猫が猫に指南する内容だが、この『猫語のノート』は、猫による、詩のごときつぶやきである。猫がやってくる以前の私だったら、手にとらないばかりか、見えていても見えない類の本である。だいたい私は、犬や猫を擬人化し、彼らがしゃべっているふうに描かれたものが好きではないのである。人間の思いを押しつけているだけじゃないかと、昔から思っていたのである。

でも手にとって、読んじゃった。だって私の世界にはもう猫が存在しているから。その「猫」が猫語でもらした言葉が書かれた本なのだから。

もちろん本当は猫語でなんか書かれてはいないし、ポール・ギャリコという今は亡き作家が英語で書き、日本語に訳されて、だから私が読める、ということなんて、わかっている。なのに「猫語で書かれた猫の言葉」なんて表現することを、かつての私は「人間の思いを押しつけている」と解釈していたのだ。

でも、今は違う。猫って、びっくりするほど表情ゆたかだと知ったから。しかもものすごく感情に沿った表情をする。不満なら不満をあらわし、戸惑いなら戸惑いをあらわし、安心なら安心をあらわす。好きなのにきらいなんてふりはしないし、たのしいのにつまらない顔をすることもない。唯一ごまかすのは、私たちが猫の失敗を見てしまったとき。ベッドに飛び乗ろうとして落ちる、遊びに夢中になりすぎて顔から壁にぶつかる、なんてことをしでかしたとき、「何もしていなかったけど?」という顔をする。なので、擬人化、ということでもなく、猫の考えていることはだいたいわかる、と、思いこみでなく、言える。この本は、作家が自分の思いを猫に託して書いたのではなくて、猫の顔を見ながらその思いをすくい取ったのだと、今なら、了解するわけである。

この本はなんたって写真がたくさんあるのがうれしい。写真のなかの猫の表情がどれほど饒舌か、猫が今なお自分の世界に存在しない人にも、よく理解できるだろう。

猫の写真を見、彼らのつぶやく詩を読んでいるうち、気づけば、泣いていた。落涙の引き金となったのは「朝」というタイトルの短い文章。ちっともかなしくないこの文章でなぜ泣くのか、たいていの人は、わからないだろう。私だってわからない。でもそのわからない、言葉にならない気持ちの揺れこそが、ポール・ギャリコがあとがきで書く、私と猫との哀れみを含む愛の交歓なのだと、思い知らされる。

（かくた・みつよ　作家）

＊ＰＲ誌ちくま２０１４年２月号より転載

猫がいる部屋といない部屋

大島弓子

ちくま文庫

猫語《ねこご》のノート

二〇一六年 五月 十日 第一刷発行
二〇二四年十一月十五日 第二刷発行

著 者 ポール・ギャリコ
写 真 西川 治（にしかわ・おさむ）
訳 者 灰島かり（はいじま・かり）
発行者 増田健史
発行所 株式会社 筑摩書房
東京都台東区蔵前二―五―三 〒一一一―八七五五
電話番号 〇三―五六八七―二六〇一（代表）
装幀者 安野光雅
印刷所 三松堂印刷株式会社
製本所 三松堂印刷株式会社

乱丁・落丁本の場合は、送料小社負担でお取り替えいたします。
本書をコピー、スキャニング等の方法により無許諾で複製することは、法令に規定された場合を除いて禁止されています。請負業者等の第三者によるデジタル化は一切認められていませんので、ご注意ください。
© OSAMU NISHIKAWA, SHO SUZUKI
2016 Printed in Japan

ISBN978-4-480-43364-0 C0197